LES ROMANS CHOISIS
CŒUR BLESSÉ
PAR
HENRY DE CHAZEL
60 Cent.
L'OUVRAGE COMPLET

HENRY DE CHAZEL

CŒUR BLESSÉ

PREMIÈRE PARTIE

I

La mission

Le lieutenant Noirville enferma soigneusement dans son portefeuille le pli que venait de lui remettre l'amiral Le Corbeiller, commandant la base navale de Calais.

— Êtes-vous sûr de partir ce soir même ? demanda ce dernier.

— Très sûr amiral. Mes bagages sont déjà à bord du « Lincoln », le vapeur américain qui lève l'ancre à sept heures.

— Mais vous avez l'ordre de ne pas vous embarquer dans le port même, pour éviter d'être remarqué ?

— Aussi ai-je pris mes précautions, Amiral : c'est à Sangatte seulement que je m'embarquerai ; le « Lincoln » stoppera à deux milles de la côte, et une barque qui m'attend au bas de la falaise m'y conduira. Vous voyez que toutes mes dispositions sont prises.

— Très bien, lieutenant. Je sais que le Gouvernement français peut compter sur vous.

— Absolument, Amiral. Je remettrai au Gouvernement américain le message dont je suis chargé... quoi qu'il arrive !

— Vous êtes un brave !

— Je fais mon devoir, voilà tout.

— Ce pli ne vous quittera pas ?

— Jamais !

C'était un pacte grave que ce mot venait de conclure... Les deux hommes n'avaient plus rien à se dire.

L'amiral Le Corbeiller pressa presque solennellement la main de l'officier. Celui-ci rendit l'étreinte et sortit.

Les rues de Calais étaient sombres. Dans la vieille cité marchande, les lumières se tamisaient pour ne pas favoriser le jeu sinistre des avions boches toujours prêts à jeter du ciel leurs engins de mort, tueurs d'enfants et de femmes.

Un brouillard humide couvrait la ville tant convoitée par nos ennemis et semblait la protéger contre leurs attentats.

Le lieutenant Georges Noirville marchait vite, le col de son manteau relevé, car il faisait froid.

Mais il n'eut pas à aller loin.

De l'autre côté de la place, une auto militaire mise à sa disposition par le commandement maritime, l'attendait.

Il y monta.

Elle partit dans la nuit.

Maintenant, on sortait de la ville, dans la direction de Sangatte.

La courte distance fut rapidement franchie.

L'auto stoppa au pied de la falaise qui, à cet endroit, surplombe la mer d'assez haut.

Cette falaise, si pittoresquement composée de rochers abrupts, semble posée là comme une bête énorme, gigantesque, qui garderait la ville et jetterait un défi aux flots.

L'officier descendit de voiture.

Le chauffeur fit marche arrière, tourna et disparut.

Bientôt on n'entendit même plus le bruit décroissant du moteur ; il se perdait dans le clapotement des vagues qui venaient se briser au pied de la falaise

Le chemin devenait étroit, bordant la mer... L'officier distingua la petite crique dans laquelle une barque s'abritait à peine, dansant sur son amarre, et deux silhouettes d'hommes immobiles à sa barre de bois.

— Ils sont là ! C'est bien... murmura Georges Noirville.

C'était en effet la barque qui devait le conduire à bord du « Lincoln », mouillé à quelques encâblures.

Il appela doucement :

— C'est vous, Cloarec ?

— Oui, mon lieutenant ! répondit du canot une voix assourdie à dessein.

— Et vous, Larderel ?

— Oui, mon lieutenant.

L'officier posa le pied dans la frêle embarcation, et les deux hommes firent leurs préparatifs de démarrage.

— Hâtez-vous ! fit Noirville en s'asseyant. Nous sommes un peu en retard ; le paquebot va nous attendre.

Dans le silence, la barque démarra, la chaîne jetée avec bruit sur le fond de bois, troubla seule la plainte des vagues.

On était en pleine mer à présent...

— Il nous faudra bien vingt minutes pour la traversée, reprit l'officier ; activez...

Il avait tiré sa montre et regardait l'heure exacte du départ à la lueur de sa lampe électrique de poche.

A la lumière projetée, il distingua soudain le visage de l'homme qui se penchait pour ramer.

— Ce n'est pas Cloarec ! fit-il, inquiet tout à coup.

Il s'approcha de l'autre et éclaira brusquement son visage. Cette fois, ce fut un cri qui étrangla sa gorge.

— Hurmack ! balbutia-t-il... Hurmack ici !

Seulement, son cri n'eut pas de réponse. L'homme, un rictus de triomphe aux lèvres, fit un moulinet rapide de sa rame, et en asséna à l'officier un coup qui le fit chanceler.

Alors, tels deux vampires sinistres, les matelots se précipitèrent sur le jeune homme, paralysant ses moindres mouvements.

Hurmack fouillait frénétiquement la vareuse du lieutenant et en extrayait tous les papiers.

— Bandits ! hurla Noirville ; c'est un guet-apens !

— Pas du tout ! répondit cyniquement le complice de Hurmack en lui assénant un nouveau coup sur la tête. Cloarec et Larderel, commandés pour la circonstance, sont en train de cuver leur vin au cabaret de la *Grappe d'Or*. Nous sommes venus les remplacer, voilà toute l'affaire.

— Seulement, nous avons reçu des ordres différents, et vous ne rejoindrez pas le « Lincoln », lieutenant, affirma Hurmack.

Il avait exploré toutes les poches de l'officier qui, fou de rage, se débattait en vain.

Un nouveau coup de rame eut raison de ses efforts : Georges Noirville resta immobile, évanoui.

Hurmack venait de découvrir dans une poche secrète, le portefeuille contenant le pli précieux.

— Ah ! voilà ce que je cherchais ! cria-t-il, triomphant. Le voici, le fameux message !... il ne l'aura pas, le gouvernement américain !... Hoch !.. Stupides Français que vous êtes, vous ne tenez pas encore ces alliés-là !

— Une fois de plus ; Dieu est avec nous !... déclara solennellement l'autre.

D'un brusque mouvement, il plaça le corps inerte de l'officier sur le bord du canot et, du pied, les deux bandits le poussèrent.

Georges Noirville s'abîma dans les flots...

Projeté du canot de Hurmack, le corps de Georges Noirville longtemps roula de vague en vague, inerte et inconscient, les nerfs anéantis par les coups de ses agresseurs.

La Nature eut raison de son évanouissement. Il reprit ses sens, mais incomplètement, le choc ayant lésé quelques cellules. Seulement, s'il ne pouvait se rendre compte pourquoi et comment il se trouvait à lutter contre les flots, l'instinct de conservation lui fit du moins accomplir immédiatement les mouvements qui l'empêchèrent de sombrer.

Le lieutenant Noirville était nageur... instinctivement il nagea... longtemps !

Mais où se diriger ? La côte, il ne la voyait plus, à présent, noyée dans le brouillard et l'infini des eaux.

Georges Noirville pousse des cris d'appel : ils sont couverts par le fracas des lames furieuses.

Il ne voit rien sur la surface mouvante et luisante qui miroite devant lui.

Si, pourtant... une lueur rouge, tout à coup .. là-bas, dans le lointain...

Est-ce la côte ?...

Est-ce un navire ?...

Il ne sait pas... Mais il pense que c'est, peut-être, le salut !

Une pensée lancinante traverse à cet instant son esprit endolori : On lui a confié une mission... il faut la remplir ..

Une mission !

Il ne sait plus laquelle... Son cerveau est vide... Mais il sent la persistance directrice du Devoir.

Il appelle... unissant toutes ses forces physiques et morales, prêtes à défaillir les unes et les autres, et pousse un immense,. un farouche cri d'appel à travers les flots.

Mais rien ne vient à son secours...

Rien ne répond...

La faible lueur rouge paraît moins lointaine. pourtant.

Cette espérance remonte sa volonté... Il faut, oui ! il faut qu'on le sauve !

Il a froid, ses vêtements collent sur son corps épuisé.

Et soudain, il se rappelle que dans ses vêtements, il avait un sifflet...

Y est-il encore ?

Oui, il sent la dureté métallique sous ses doigts frémissants. Il le porte à sa bouche..., en tire un son strident, éperdu, qu'il prolonge autant qu'il peut.

La lumière se rapproche !...

Voici le salut...

Enfin !

Les sauveteurs vont-ils arriver trop tard ?

Car ce seront ses sauveurs. les matelots de ce bateau de pêche qui s'avancent... dont il perçoit à présent la forme sombre, et la voilure, et les agrès...

Oui, ils ont entendu le sifflet... Ils ont mis le bateau dans la direction où flotte la pauvre épave humaine...

Ils ont compris l'imminence du péril, et, pour ranimer le courage de la victime qu'ils pressentent, ils sifflent à leur tour, pour répondre à l'appel de détresse.

L'officier a compris... Il tend tout son être en un suprême effort... Il *veut* être sauvé !

Voici le bateau — un grand chalutier — tout près de lui... Il l'atteint... se cramponne au bord...

Mais c'en est trop... Son esprit vacille... son corps, épuisé par cette lutte surhumaine. retombe...

Sur les voiliers de commerce. le coffre à médicaments du capitaine tient lieu de médecin.

Mais à bord du « Balmoral » il y avait quelques passagers, et parmi eux, un docteur portugais sachant parler un peu le français.

Il soigna Georges. énergiquement.

Trois jours durant. ce dernier demeura entre la vie et la mort. sans se rendre compte de l'endroit où il se trouvait, ni de ce qui lui était arrivé.

Enfin, le médecin portugais put le déclarer hors de danger.

Georges Noirville avait vu la mort de bien près..

II

Drame à bord

La première escale du « Balmoral » devait être Santiago, la principale des Iles du Cap-Vert, où ce navire se rendait pour chercher une cargaison de coton destiné au Ministère des Munitions.

Le « Balmoral », jaugeant cinq cents tonneaux, était parti de Hull sur un ordre immédiat de l'Amirauté. Cela avait obligé le capitaine à accepter les yeux fermés l'équipage fourni : dix-sept hommes, y compris le maître-coq et le mousse.

C'était un ramassis assez hétéroclite.

Depuis que l'on était en pleine mer, il y avait eu parmi ces matelots plusieurs velléités d'indiscipline. On sentait souffler à bord un mauvais esprit, un levain de révolte.

Le capitaine du « Balmoral » était une nature faible. Par contre, son second, Paddy Fulton compensait le manque d'énergie de son chef par une implacable fermeté. Il sentait le danger de laisser grandir des ferments de désordre et d'insubordination en ces moments tragiques où la marine britannique tout entière avait à jouer un rôle si important dans la guerre effroyable déchaînée par l'Allemagne.

Aussi, Fulton redoubla-t-il de sévérité, cherchant à étouffer le mal avant qu'il ait pu prendre consistance. Il fit plusieurs exemples, et punit comme fautes graves des délits qui, en temps de paix, eussent été jugés avec indulgence.

Et il était en droit de penser que sa vigilance constante et son inflexible rigidité éviteraient de regrettables incidents.

Mais Paddy Fulton ignorait qu'il avait autour de lui un ennemi mortel, qui, à l'insu des chefs du bord, répandait parmi l'équipage les plus dangereuses théories, les plus redoutables fermentations.

C'était William Ferruchs — le grand Will — comme l'appelaient familièrement ses camarades, sur lesquels il avait su prendre une redoutable influence, un fatal ascendant.

L'un des matelots, John Buttley — un colosse aux membres d'Hercule — vouait personnellement à Fulton une haine à mort. Pour avoir un jour bu plus que de raison, il avait été mis aux fers sur l'ordre du second du bord... et il n'avait jamais pardonné cet affront.

Sa haine était chaque jour attisée par William Ferruchs, le grand Will, qui lui montrait Fulton et le capitaine comme des autocrates égoïstes et cruels qui les traitaient en esclaves.

— Des hommes intelligents comme toi, Buttley, ne sont pas destinés à obéir à des maîtres. Ils se servent de l'intérêt de l'Angleterre pour avoir un prétexte à nous faire marcher ; mais l'Angleterre va à sa perte avec eux... C'est à nous de commander !

Buttley se laissa très facilement convaincre ; il se trouvait d'ailleurs tout à fait qualifié pour remplacer Fulton, et même le capitaine, à bord du « Balmoral ».

Cet homme avait cette ambition.

Tous les soirs, sur le pont du « Balmoral », il y eut d'étranges conciliabules. Ferruchs dressait tout un plan, auquel Buttley souscrivait d'avance, et il entraînait peu à peu les autres matelots.

L'esprit d'insubordination se déclara, s'accentua, se généralisa.

Le capitaine, impuissant, s'effrayait... Le second sévissait rigoureusement. Mais les révoltés refusant maintenant d'obéir et d'accepter punitions et consignes, il fut débordé...

....

Un soir, sur le pont, quatre matelots veillent, insuffisants à la manœuvre. Ce sont les seuls restés fidèles, ceux sur qui comptent les officiers.

Dévoré d'inquiétude, Paddy Fulton observe, va du pont aux cabines, sentant flotter une appréhension, un pressentiment de malheur.

Les treize marins mutinés sont dans la chambre du gaillard d'avant avec leurs deux meneurs, Buttley et le grand Will.

Celui-ci pérore, excite, entraîne... Et les rations de wysky qu'il vient de leur distribuer achèvent de vaincre les dernières irrésolutions !

Seulement, ce qu'ils n'ont pas vu, ces pauvres marins anglais séduits par Ferruchs, ce qu'ils ne peuvent plus remarquer au point d'ivresse où il les a plongés, c'est la disparition soudaine de Buttley et de Ferruchs, les deux agitateurs.

C'est vers la cabine du commandant qu'ils se dirigent...

L'officier n'est pas là : il vient d'aller conférer avec Fulton, chercher un moyen pour sortir de l'effrayante impasse où la revolte de l'équipage va plonger le « Balmoral ».

Mais il ne tarde pas à rentrer ; et en quelques minutes, Buttley et le grand Will l'ont assommé presque et réduit à l'impuissance.

Ils le laissent, lié sur sa couchette, inerte, anéanti.

Puis, ce fut le tour de Fulton.

Il se passa alors une chose étrange. De la chambre du gaillard d'avant, rayonna un signal lumineux, un mouvement bizarre se produisit aux alentours du brick-goélette, un sous-marin s'approcha si près du « Balmoral » qu'il le touchait presque... Un homme, vêtu du sévère uniforme de la marine allemande, surgit sur le pont.

Ferruchs le conduisit à la cabine où le commandant gisait sur sa couchette, impuissant, navré.

Dans une sorte de coffre-fort, au-dessus du bureau, les livres, les registres, les papiers, tout ce qui constituait l'état-civil du brick comme aussi son affectation, les ordres reçus, les destinations fixées, les documents secrets, tout était là, rangé, méticuleusement serré et en ordre parfait.

Le coffre-fort était ouvert : Ferruchs avait eu soin de faire d'avance sauter la serrure. Il n'y eut qu'à prendre les livres, dans lesquels l'officier allemand fit un choix.

Le commandant du « Balmoral », éperdu, comprenait tout, à présent.

Il poussa un rugissement de rage, de désespoir ; mais ses liens l'empêchaient de faire le moindre mouvement.

L'officier du sous-marin se retourna vers lui, ajusta son monocle, et un sourire sardonique aux lèvres, et dit froidement :

— Je vous salue, monsieur le commandant !

John Buttley regarda l'étranger d'un air ahuri.

D'où venait celui-là ?... Encore un officier ?...

Mais cet uniforme ?... Ce n'était pas celui de la marine britannique ?...

Dans sa cervelle épaisse, Buttley ne se rendait pas très bien compte ; mais il sentait quelque chose de redoutable se dresser devant lui.

— Est-ce que le grand Will m'aurait trahi à son tour ?... murmura-t-il, les dents serrées.

Et soudain, dans l'obtus cerveau de John, la lumière se fit complète.

Ce navire sinistre, accroupi comme un monstre qui se cache pour commettre ses forfaits... c'était un sous-marin allemand !

Cet officier qui commandait avec tant d'insolence et de morgue, c'était le chef de ce sous-marin !

Et Ferruchs... Ferruchs était l'émissaire, l'agent allemand qui renseignait les pirates... qui leur indiquait les coups à faire... qui s'était faufilé parmi l'équipage du « Balmoral » pour y semer l'anarchie et la désorganisation !... afin de le livrer mieux et plus sûrement.

— Trahison ! hurla John Buttley... Ce sont les Boches !

Le patriotisme de l'Anglais reprenait sa place dans ce cœur farouche, dès qu'il sentait le contact avec l'ennemi.

Ah ! oui, il avait détesté Fulton, il avait voulu sa mort... et la disparition du commandant. Cela, c'était la satisfaction de sa vengeance personnelle, et la réalisation du rêve d'être chef à son tour, qu'avait su si bien exploiter Ferruchs...

Mais maintenant, il ne s'agissait plus de lutte entre Anglais, fils de la même patrie... C'était l'ennemi, l'Allemand maudit qui se présentait avec ses habituels procédés de traîtrise et d'infamie.

Buttley avait fait volte-face, prêt à remonter l'escalier.

Ferruchs le rattrapa par le bras :

— Obéis, prononça-t-il doucement. Nous sommes plus forts que toi !... Allons, viens.

— Jamais ! hurla John en se dégageant à coups de poings... Et farouche, il brandit son revolver.

Mais l'officier l'avait deviné et le devançait. Il fit feu.

John fut légèrement atteint, au bras. Sa colère se décupla.

Comme un lièvre il avait gravi les marches et, sur le pont du brick maintenant, il braquait son arme.

Il était trop tard !...

Ferruchs et l'officier boche avaient disparu sous le capot du sous-marin qui s'éloignait de quelques encâblures.

Il plongea...

On ne vit plus rien sur les vagues dont les crêtes mousseuses s'argentaient d'une livide lueur de crépuscule.

Une minute s'écoula à peine... puis une détonation se produisit, ouvrant en deux la coque du « Balmoral ».

Le cerveau de Buttley se dégageait complètement des dernières fumées de l'ivresse et de la haine, devant l'imminence du danger. Il se rappela les camarades qui continuaient à boire au gaillard d'avant... le commandant ligoté dans sa cabine, et les passagers qui allaient glisser du sommeil à la mort !...

Il se précipita.

Dans la chambre du gaillard d'avant, les matelots ronflaient, à présent, terrassés par l'ivresse.

Il les réveilla brutalement :

— Le bateau coule ! cria-t-il. Sauvez-vous ! Les Boches sont là ! Ferruchs nous a trahis !

Le commandant s'attendait à la catastrophe. Lorsque John eut fait sauter ses liens, il l'accompagna aux cabines des passagers pour les ouvrir, faire sortir tout le monde, et procéder au sauvetage.

Affolés, éperdus, des passagers qui avaient senti le choc terrible de la torpille déchirant le navire, couraient sur le pont... Ils comprenaient.

Les femmes gémissent, les enfants pleurent...

Les matelots revenus à eux, procèdent au sauvetage.

Le commandant donne des ordres d'une voix ferme. On lui obéit, maintenant. Il n'y a plus aucune tentative de rébellion. Tous sentent qu'il faut un chef dans ces tragiques circonstances, et les révoltés d'hier l'écoutent à présent, respectueusement.

C'est que John Buttley a jeté le mot qui explique tout, qui résume tout :

— Ferruchs est un Allemnad !... Ferruchs nous a livrés au sous-marin !... Face à l'ennemi !...

Et tous ces énergumènes d'hier comprennent qu'on s'est joué d'eux... qu'ils ont été des dupes et ont failli forfaire à la patrie anglaise.

Loyalement ils veulent réparer leur égarement, et sauver les passagers. Buttley donne un exemple, entraînant, admirable.

Dans les petites embarcations mises immédiatement à la mer, on descend avec un calme qu'obtient la noble attitude du commandant.

Le commandant et John Buttley ne veulent quitter le brick qu'après les derniers. Ils sont encore sur une des moitiés du « Balmoral » ; l'autre partie s'affaisse et s'enfonce...

Tout à coup, au milieu de la lamentable flottille des naufragés, éclate une seconde torpille.

Il y eut un formidable cri d'épouvante...

Barques et passagers disparaissent dans les flots !...

III

Contre toute espérance !...

La mer est calme.

Aucune trace du drame effroyable qui vient de se dérouler sur les flots. Ils continuent leur chevauchée éternelle, leur plainte infinie...

Une barque, une frêle barque de sauvetage flotte, lamentable esquif dont le bord fut en partie arraché par la torpille.

A cette barque s'aggrippe une main... une main frémissante... Puis une tête émerge, et un buste puissant qui, dans son autre bras replié serre un corps inerte.

D'un effort prodigieux la main se crampone plus fort. Et le vivant se hausse afin de déposer sur la planche du canot le corps qu'il étreint.

Ce vivant, c'est John Buttley, le matelot que Ferruchs a failli perdre, mais que le loyalisme inconscient qui fait le fonds du caractère anglais a ramené au devoir

John Buttley le colosse a voulu racheter sa faute en se dévouant pour sauver les gens du « Balmoral ».

Lorsque la torpille a éclaté, renversant, broyant les barques de sauvetage, il a éprouvé le besoin d'aider ceux qui sombraient avec lui. Avant de fermer les yeux, il a saisi un des passagers qui tombait avec lui dans l'abîme, l'a happé, au hasard, de sa main large et puissante qui s'était refermée comme une serre énorme.

Et il l'avait gardé ainsi, malgré son évanouissement, sans que ses nerfs se fussent détendus et eussent lâché leur proie...

Ce passager, c'est Georges Noirville.

C'est lui que le hasard — ou le Destin ! — a jeté dans les bras herculéens de Buttley qui l'a cueilli au passage et ne l'a point abandonné.

Maintenant, le colosse était arrivé à se hisser complètement sur la barque, à côté du corps inanimé du lieutenant Noirville.

Mais exténué, il restait là, hébété, incapable de penser ni d'agir.

La barque flottait, au gré des vents, et Buttley finit par comprendre

Il a froid, ses vêtements collent sur son corps épuisé (page 3).

que les paquets d'eau qui entraient par les déchirures des bords allaient faire sombrer l'épave.

L'instinct de la conservation rappelle ses esprits débandés par la catastrophe. La barque n'est plus pour ainsi dire qu'un radeau : il faut diriger ce radeau.

Un morceau de mât s'aperçoit, plus loin, sur l'écume des vagues.

Il faut à John ce mât pour diriger son épave. Il se lève, se met d'aplomb, et fait quelques mouvements d'équilibre pour pencher le radeau dans le sens du bois flottant. Enfin il l'atteint !

Ce bâton, c'est une rame qui pourra diriger son esquif.

Maintenant, le colosse est tranquille : il se sent sauvé.

Il songe seulement alors à son compagnon, le pauvre lieutenant français qu'il a arraché aux flots, et auquel il n'a d'abord pas pensé, pris par son propre salut.

Vit-il encore ?

Buttley l'espère, puisqu'il n'est pas resté dans l'eau plus longtemps que lui.

Il s'empresse de défaire, de ses gros doigts, les vêtements ruisselants de l'officier, il se met à le frictionner consciencieusement.

La chaleur revient peu à peu, le sang recommence à circuler... Georges Noirville ouvre les yeux.

John Buttley a un large rire de satisfaction et de fierté.

C'est à lui que ce passager devra la vie, au moins !

Cela répare un peu sa faute. Le colosse est content de lui. Son remords s'atténue un peu.

Le soleil est tout à fait monté dans le ciel ; sa tiédeur réchauffe les deux naufragés et sèche leurs vêtements

On eût dit qu'on approchait de régions au chaud climat.

A présent qu'ils sont mieux, les deux malheureux ont faim.

Le robuste appétit de Buttley réclame impérieusement satisfaction Mais rien, sur ce radeau... aucune provision.

Dans sa poche le colosse trouve un morceau de biscuit qu'a détrempé l'eau de mer. C'est une amusette à peine pour sa vaste bouche.

Mais Buttley jure de sauver le passager ; il ne le laissera pas mourir de faim après l'avoir arraché aux flots. Fraternellement, il partage avec lui le morceau de biscuit.

Un peu restauré, le matelot reprend son assurance et aussi sa belle humeur.

Ce serait bien le diable, si d'ici quelques heures, on ne rencontrait pas un navire faisant voile vers les côtes d'Espagne ou de Portugal.

Car on devait être dans cette direction, à présent, autant qu'il en pouvait déduire, sans boussole, sans appréciation précise.

Il fallait donc attendre patiemment, et se maintenir en équilibre sur la fragile planche

Des heures passent...

Mais l'Océan reste désert. Aucune voile ne se profile dans le lointain, aucune vapeur ne tache le bleu pur du ciel.

Seul, le frêle radeau monté par les deux rescapés du « Balmoral » glisse et roule sur les crêtes argentées des vagues qui se jouent de lui comme d'un fétu de paille

La nuit fut terrible...

John Buttley semblait avoir perdu, lui aussi, tout courage. Il ne ramait plus, il ne luttait plus. Il laissait le radeau s'en aller à la dérive...

Tout à coup, de la crête d'une énorme lame, Buttley aperçoit au loin devant lui une ligne noire.

— Terre ! La terre !... s'écrie-t-il, éperdu de joie.

L'embarcation avance toujours vers cette rive inconnue qui lui apparaît maintenant comme un bloc sombre entouré d'écume.

Le vent le pousse violemment, dans le sens de ce bloc.

A mesure qu'il avance, les détails se précisent à l'œil.

Cette terre est montagneuse, et les arbres qui couronnent les collines se détachent en plein ciel. On aperçoit maintenant des maisons

Déjà les vagues sont moins hautes, brisées qu'elles sont par les remous de celles que les récifs ont rompues et rejetées en désordre.

Or, ce remous est très dangereux.

Le radeau est tout à coup pris dans ce tournoiement vertigineux et transporté pour ainsi dire, toujours tournant, jusque sur une petite plage située en contre-bas d'un promontoire peu élevé.

L'épave s'y échoue, et, prise par une vague qui monte à l'assaut, est retournée sur le sable, d'un brusque choc.

Pendant longtemps, les deux naufragés demeurent inanimés, étourdis par la secousse formidable.

Enfin, Buttley revient à lui, et Georges Noirville ne tarde pas à ouvrir les yeux. Ils se rendent compte qu'aucun membre n'est brisé, ni meurtri.

Ils tâtent le terrain autour d'eux.

C'est du sable fin.... C'est la terre !

Ils sont sauvés !

Le long du chemin qui borde la grève, de gaies sonnailles ont retenti :

Ce sont les mules du gouverneur des Iles Canaries qui regagne la ville avec sa fille.

Les promeneurs ont aperçu sur le sable, ces deux corps étendus la face contre le ciel.

Ils s'empressent auprès d'eux et les questionnent, pendant que le valet qui les suivait court à Las Palmas, le port tout proche, pour chercher du secours

Une heure après, les deux naufragés, arrivés dans une voiture d'ambulance, étaient installés dans une salle de l'hôpital de la ville

Georges, épuisé, ne pût répondre que brièvement à l'interrogatoire qu'on lui fit subir, concernant la catastrophe du « Balmoral ». Il ne savait rien, ne se rappelait de rien.

John Buttley, lui, raconta tout au long l'agression du sous-marin et le torpillage odieux du brick-goélette et des passagers.

Mais John Buttley ne se sentait pas l'esprit très tranquille au sujet des événements qui avaient précédé l'agression du pirate.

Comme au bout de quelques heures de repos, et après un bon repas, le marin anglais se trouvait tout à fait remis, il profita de la nuit et furtivement, s'évada de l'hôpital.

De cette façon, on ne lui demanderait plus rien sur ce qui s'était passé à bord du « Balmoral ».

Georges Noirville fut pris par une fièvre ardente, conséquence de tant d'aventures. Et, lorsqu'elle disparut, sa mémoire ne conservait aucun souvenir de ce qui avait bouleversé sa vie.

Il ne se rappelait rien de sa famille, de son pays, de lui-même...

On trouva sur lui un porte-monnaie contenant un peu d'argent et une carte de visite avec ces simples mots :

Lieutenant Georges Noirville

C'est tout ce que l'on pût savoir sur son identité.

IV

Ceux qui restent

Les doigts fuselés de Colette Noirville plaquèrent le dernier accord de l' « Adieu », de Berlioz, et la voix claire de Christiane Morvilliers s'éteignit brusquement.

M. Noirville, le riche banquier de la rue Laffitte, entrait dans le salon, un télégramme à la main.

Les deux jeunes filles se précipitèrent auprès de lui.

— C'est de Georges ?

— C'est de Georges, oui, mes enfants. Il s'embarque ce soir à Calais pour une destination inconnue. Il est chargé d'une mission...

— Cher frère ! Que Dieu le protège ! prononça Colette.

Christiane gardait un silence oppressé. Elle avait pâli.

C'est que, actuellement, la perspective d'un voyage en mer inquiétait singulièrement les familles.

Tant de mines redoutables parsemaient les océans !

Tant de sous-marins guettaient les navires !

Tant de dangers planaient, à présent, au-dessus comme au-dessous des flots !

M. Noirville s'était assis entre les deux amies.

— Espérons, dit-il, que Georges remplira sa mission avec honneur ! Mais continuez votre morceau, mes enfants. La musique me détendra les nerfs.

Colette s'était approchée de son père, et, tendrement l'embrassait.

— En effet, tu as un souci... et tu me le caches, père chéri. Je t'en prie, dis-moi tout !

Câline, la tête blonde s'appuyait à l'épaule du banquier.

Il ne savait jamais résister aux caresses de l'enfant qui remplaçait au foyer une épouse morte trop jeune. Colette dirigeait la maison en femme experte, et ouatait de tendresse la vie de l'homme de finances.

Depuis, surtout, le départ de Georges, le fils aîné sur lequel on fondait tant d'espérances, Colette était tout pour son père.

— Oui, acquiesça enfin M. Noirville, j'ai à te parler, ma petite Colette...

Discrètement, Christiane Morvilliers voulut se retirer.

— Ma chère Christiane, déclara le banquier, vous n'êtes jamais de trop dans les questions de la famille, puisque vous allez en faire partie. Vous êtes la fiancée de Georges : ce qui concerne sa sœur doit vous intéresser.

Christiane eut un reconnaissant sourire.

C'était une charmante fille dont la grave beauté contrastait avec la joliesse mignarde et joyeuse de Colette.

Ses lourdes tresses de cheveux châtains la coiffaient comme une déesse antique ; ses yeux gris, très profonds, semblaient recéler une secrète mélancolie. La bouche pure, au calme sourire, annonçait une extrême bonté !

Grande et élancée, de mouvements doux, Christiane Morvilliers paraissait une créature à part, un peu froide et inaccessible : mais ceux qui la connaissaient la savaient capable des plus solides tendresses et des plus héroïques abnégations.

Liée depuis l'enfance avec Colette, la maison de M. Noirville était la sienne.

Et lorsque Georges demanda à son père la permission de l'épouser, ce fut une joie pour le banquier de la rue Laffitte.

Tranquillement, de sa grâce sereine et lente, elle s'assit avec Colette à côté du banquier.

— Ma chère Colette, commença celui-ci, j'ai juré de te transmettre fidèlement toutes les demandes en mariage qui me seraient faites pour toi, et...

— Eh bien, père chéri, interrompit la gracieuse enfant... C'est cela qui t'attriste ?... Car je le vois bien, il y a une ombre, là...

Elle effaça, de son doigt mutin, le pli d'une grosse ride marquant le front paternel.

— Je viens d'en recevoir deux nouvelles, continua-t-il

— On sent que Mlle Colette Noirville a deux millions de dot, fit la jeune fille en riant. Les prétendants affluent... même e.. temps de guerre.

— C'est justement ce qui m'inquiète, ma chérie : te marier pendant cette guerre !... te voir tourmentée, angoissée de sentir ton mari loin... au danger... Te voir pleurer, ma Colette !...

— Rien à faire à cela, père chéri. Toutes les jeunes filles qui se marient maintenant s'attendent à pareilles alarmes. Mais je suis forte, moi... et, si j'aimais quelqu'un, je supporterais vaillamment tout cela... Seulement voilà... Je n'aime personne...

Elle rit encore... et reprit :

— Ne parle plus d'aucun mariage, père chéri... C'est entendu, je ne te quitte pas !

— Il faut pourtant bien m'y préparer, vieil égoïste que je suis... Car plus tard... tu aimeras... alors ?...

— D'ici là !... fit-elle évasivement.. D'ailleurs, Christiane et Georges seront mariés... J'aurai des petits neveux à élever...

— Cependant, ma chérie, si tu voulais... tu pourrais, sans me quitter, fonder ton foyer... l'unir au mien... transformer le mien, plutôt...

Le front de Colette s'était rembruni, et ses blonds sourcils se froncèrent.

Après un silence, elle murmura :

— Oui... je sais ce que tu veux dire, père... Hurmack ?... Toujours Hurmack ?...

— Il t'aime plus que jamais ! protesta le banquier. Il fera un excellent mari... Et je n'ose te dire quelle tranquillité serait pour moi de remettre ma maison entre ses mains expertes ! Il dirigerait la banque mieux que moi, certes ! Et quel bonheur de ne pas me séparer de toi, ma chérie !

— Père, déclara solennellement Colette, je n'aime pas Hurmack et ne l'aimerai jamais !

— Sa situation d'employé de la Banque Noirville te semble inférieure. C'est vrai. Mais il a une fortune personnelle déjà considérable qu'il décuplera rapidement. C'est un financier de premier ordre... et...

— Père, je t'arrête, fit Colette agacée Ce n'est pas par une sotte vanité que je refuse d'être la femme de ton fondé de pouvoirs. Non, il y a plus Hurmack est étranger... C'est un neutre... Et dans les circonstances actuelles où le Monde entier se bat pour le Droit, il ne devrait plus y avoir de Neutres ! J'estime qu'une jeune fille française doit à nos admirables soldats de n'épouser « qu'un soldat français ! »

— Bravo ! ma Colette ! s'écria Christiane, enthousiasmée de cette fière déclaration.

M. Noirville garda le silence, un peu confus de son égoïsme, devant l'ardent patriotisme des jeunes filles, — qui était presque une leçon pour le sien.

Il paraissait plus sombre que tout à l'heure.

On eût dit que ses traits s'étaient soudain vieillis sous de pénibles préoccupations.

Elles étaient assez justifiées, les préoccupations de M. Noirville, par plusieurs opérations mauvaises que venait de terminer la maison de la rue Laffitte.

On eût dit que, depuis quelques semaines, un mot d'ordre était donné à nombre d'importantes sociétés pour un immédiat retrait de fonds.

Tout d'abord, M. Noirville n'y prêta pas attention.

Mais deux banques italiennes avaient envoyé la veille, de graves nouvelles

Le père de Colette venait d'avoir à ce sujet un long entretien avec son fondé de pouvoirs, Kredje Hurmack.

Celui-ci l'avait rassuré, et avait pris immédiatement d'habiles mesures qui conjureraient tout danger.

Une fois de plus, M. Noirville était reconnaissant à son employé ; sa confiance et son affection s'en accroissaient et lui avaient fait trouver tout à l'heure le courage d'aller plaider sa cause près de Colette.

Le nouvel échec ne l'étonnait point.

Il s'y était attendu.

Mais cette fois, Hurmack avait presque posé un ultimatum : ou la main de Colette, ou son départ à lui.

C'était un incomparable auxiliaire, que ce Hurmack, un collaborateur précieux au-delà de toute expression.

De quel magique pouvoir disposait-il donc, pour dominer ainsi les gens et les choses, les événements même ?

Il avait trouvé si vite des capitaux nouveaux, des combinaisons, des affaires à lancer... que M. Noirville déclarait à qui voulait l'entendre :

— C'est un maître ès-finances !

Et le banquier se rappelait, avec un véritable regret, l'hostilité que son fils avait toujours témoigné au fondé de pouvoirs. Hostilité irréductible.

— Quand Georges reviendra, se dit-il, il sera bien forcé de reconnaître l'intelligence, le génie même de Hurmack... Le malentendu se dissipera entre eux.

C'est, qu'en effet, cette hostilité avait été un gros ennui pour le banquier de la rue Laffitte.

A plusieurs reprises, il avait eu, à ce sujet, des heurts avec son fils en l'initiant aux affaires de la banque.

M. Raoul Noirville, autoritaire et un peu cassant pour son personnel, n'admettait ni une critique, ni une discussion.

Son fondé de pouvoirs, Kredje Hurmack — le plus habile financier qu'il eût connu — pliant en tout et l'admirant systématiquement, avait toute sa confiance. Il s'en remettait à lui, heureux de se décharger un peu du poids des affaires.

Seulement, dès que Georges fut en âge de s'occuper de la banque, il ne s'entendit pas avec cet « employé modèle ».

Une antipathie irraisonnée peut-être, mais invincible, l'éloignait de cet homme, lui grossissant ses défauts, lui montrant derrière la façade de dévouement, une agitation intéressée et sournoise.

Il en parla à son père. Celui-ci se fâcha, n'admettant pas que ce jeune homme sans expérience pût blâmer l'administration de ce Kredje Hurmack, au courant de la maison depuis si longtemps !... et qui lui rendait de si précieux services !

Georges n'insista pas. Il ne voulut pas entrer en lutte avec son père. Il attendit une occasion de démasquer Hurmack et le laissa triompher — pour un court moment — pensait-il.

Hélas ! la guerre éclatant comme un coup de foudre, appela Georges Noirville à la frontière, alors que Kredje Hurmack — hollandais d'origine, disait-il — restait à la banque le maître incontesté.

V

L'aile du malheur

Plusieurs semaines se passèrent.

On n'avait reçu, rue Laffitte, aucune nouvelle de Georges Noirville.

Son père s'inquiéta...

Colette eut peine à calmer son impatience.

Enfin, il fut signalé que le « Lincoln » avait regagné son port de Yarmoutsion, sans encombre ni dommage.

Alors, frémissant, M. Noirville télégraphia, demanda le nom des passagers.

On ne pouvait le renseigner sur le lieutenant Noirville, fut-il répondu. Son nom ne figurait pas sur les registres du bord.

Ce fut un coup de massue pour le banquier.

Puis on le prévint que des bagages à ce nom avaient bien été embar qués à Calais... qu'on devait prendre le lieutenant lui-même à bord à une prochaine escale... mais que le lieutenant n'avait pas paru.

L'amiral Le Corbeiller, questionné, précisa l'heure à laquelle il avait remis à l'officier le pli confidentiel... Le chauffeur de l'automobile militaire refit le chemin de Saugatte, affirmant avoir vu le lieutenant tourner pour descendre à la crique dans une barque qui attendait.

On ne retrouva pas cette barque ni les hommes qui la conduisaient.

Cloarec et Lardelier, désignés tout d'abord, excipèrent de l'état d'ivresse qui leur avait fait oublier l'ordre donné et n'eurent qu'une punition mitigée.

Mais on ne pût retrouver aucune trace du jeune officier disparu.

On fut convaincu que la barque avait chaviré avant d'atteindre le « Lincoln », et que les deux matelots avaient péri avec leur passager.

******

Lorsque cette assurance fut donnée à M. Noirville, le banquier fut terrassé, anéanti.

Ce coup affreux le vieillit de dix ans.

Il ne quitta plus, désormais, le petit salon de sa fille, cette délicieuse bonbonnière tendue de soie rose, où maintenant planait le deuil.

Colette, elle aussi, eut un profond chagrin. Elle adorait son frère, si charmant et si bon, et la vie lui parut désormais vide de toute joie, maintenant que ce frère aimé avait disparu d'elle...

Mais il lui fallut surmonter sa peine pour consoler celle de son père, et empêcher que le vieillard ne sombrât dans le désespoir.

Christiane Morvilliers ne pleura pas, ne se désola pas. Elle continua à venir chaque jour auprès de son amie ; mais elle se vêtit de deuil et son visage d'une pâleur de cire, et les cordes brisées de sa voix attestaient une inguérissable affliction.

Des semaines encore se passèrent.

La grande maison de la rue Laffitte gardait son empreinte funèbre...

M. Noirville, affaissé, vieilli, laissait son fondé de pouvoirs diriger la banque, seul et à sa guise.

Le pauvre père ne voulait même plus être distrait, par les affaires, de son immense chagrin.

Un matin Christiane vint, comme chaque jour, embrasser son amie, et consoler le vieillard qui l'appelait souvent : ma chère fille !

La tendresse de cette créature exquise, autant presque que celle de Colette, le retenaient sur la terre, comme ses seules raisons de vivre.

Ce matin-là, Christiane semblait plus grave encore et plus pâle que de coutume.

Elle entraîna Colette, pour lui parler seule, dans sa chambre.

— Ma chérie, dit-elle, presque solennellement, je viens te dire adieu...

— Adieu ? Tu pars ?... demanda tristement la sœur de Georges... Comme nous allons être seuls, père et moi, désormais !... Mais tu ne seras pas longtemps absente, dis, ma chère Yane ?

Yane semblait très émue... Cette question la troublait, évidemment... Elle aurait peine à dire le reste de son secret... si cruel !

Pourtant, elle ne savait pas mentir.

Elle prit tendrement les mains de son amie, et la fit asseoir sur le pouf de velours bleu très bas, où jadis, aux jours heureux, elles avaient échangé tant de bavardages d'enfants... puis de douces confidences de jeunes filles...

— Tu sais combien j'aimais Georges ?... reprit Christiane, la voix sombrée. Lui mort, ma vie est finie... Ne m'interromps pas ! ordonna-t-elle, voyant un geste de protestation de Colette. Un cœur comme le mien ne se recommence pas... Dieu seul peut le satisfaire à présent..

Colette ne répondit pas : elle s'effondra en larmes dans les bras de son amie.

— Yane ! ma Yane !... balbutia-t-elle enfin... Te perdre, toi aussi !

— Je n'ai plus d'autre raison de vivre... que de prier... pour celui qui n'est plus... et pour la France.

— Mais ta mère, Christiane, vas-tu la laisser ainsi ? implora Mlle Noirville, espérant faire fléchir la volonté de son amie. As-tu bien réfléchi ?

— Ma mère aime le monde, Colette..., le monde la consolera... Moi je le hais... Je rêvais mon bonheur dans l'amour pur et fort que j'avais rencontré... Ma mère se distrait de tout dans les soirées, les fêtes, les réunions brillantes. J'ai, moi, horreur de tout cela... Mon cœur est brisé... Dieu seul peut le remplir à présent.

— Et nous ? père et moi ? demanda timidement Colette, tu ne nous comptes plus ?

Christiane la serra sur son cœur, puis elle reprit :

— J'aime M. Noirville comme un père — et toi comme la plus tendrement chérie des sœurs. Mais tu consoleras ton père Puis tu te marieras... tes enfants remplaceront tout... Moi seule n'ai plus de place dans la vie. Moi seule ne pourrai trouver le repos et le calme, que dans le cloître.

— Le cloître !... Tu es décidée, ma Yane ?... fit encore Mlle Noirville tout en pleurs

— Tout à fait décidée... J'ai bien réfléchi, ma Colette, et je suis convaincue que je remplirai une mission plus utile au couvent, qu'à traîner lamentablement une existence désœuvrée et vide de vieille fille.

Il y eut un silence... lourd... oppressé.

— Dieu veut bien accepter le cœur brisé que je lui apporte... Lui seul me consolera dit encore Christiane avec un soupir profond.

Colette n'osa plus insister. Elle sentait que la résolution de son amie était irrévocable.

Elle demanda enfin :

— Mais où iras-tu, ma grande ? Il y a si peu de couvents en France, maintenant !... Alors, à l'étranger, ce sera te perdre complètement.

— Non, je n'irai pas à l'étranger. Je ne pourrais jamais quitter la terre de France. Mais une cousine de ma mère est supérieure de l'ordre de Sainte-Claire, à Amiens. Elle me recevra auprès d'elle.

— L'ordre de Sainte-Claire ?... Les Clarisses, ces pauvres religieuses si sévèrement cloîtrées, qui se condamnent au pire inconfort... aux quotidiennes privations !... Ah ! Christiane, Christiane, que faire pour changer ton projet ?

— Rien... Tout est décidé, tout est prêt. Je pars demain. Ma mère m'accompagne à Amiens.

— Et tu ne nous a rien dit ?

— Je ne voulais vous causer ce chagrin qu'au dernier moment. Mais ma résolution fut prise le jour où l'on affirma que Georges avait péri en mer. Ce jour-là, j'avais formé mes vœux.

Colette Noirville courba la tête.

Il n'y avait plus rien à faire...

Christiane était perdue pour elle à jamais !

On ne pouvait pas la disputer à Dieu

DEUXIÈME PARTIE

I

Micaela

Sur le penchant de la colline dominant Las Palmas et la mer, s'élève le palais de don Romano de Villafranca, chevalier de l'ordre de Calatrava et gouverneur des îles Canaries.

Dans le jardin du palais, un jeune homme pâle et vêtu de flanelle blanche est assis sur un banc ombragé par des magnolias et des palmiers

Ses regards errent à l'aventure sur le merveilleux paysage ambiant.

Il semble rêver...

Tantôt il porte sa vue sur les collines mollement arrondies, aux ombres violettes, dont les contours flous s'estompent à l'horizon lointain, en bornant d'un cirque le fond de la rade.

Tantôt ses regards se dirigent vers la mer dont les flots d'un bleu intense et ourlés d'écume blanche — tels d'innombrables cimiers d'argent — viennent caresser la plage, tandis que là-bas se dessinent les voiles carrées d'un grand navire, ou, plus près, les gréements latins de quelques modestes bateaux de pêche.

Ici, les riches villas des principaux habitants de Las Palmas qui, toutes, bordent l'océan.

Là, les blanches maisons de la ville, toutes encadrées de verdure, rangées en amphithéâtre autour du port.

Rien de plus beau, de plus gracieux que ce panorama, émergeant de cette splendide végétation, parure naturelle de Las Palmas.

Les yeux rêveurs du jeune homme se perdent sur les jardins riants qui l'entourent et dont le charme est d'autant plus intense qu'on se trouve en décembre, — un nom évocateur de frimas.

Une jeune fille s'avance vers lui, au tournant de l'allée de caroubiers...

Grande et mince, un port de reine, une grâce enveloppante et chaste, un charme infini.

Dix-huit ans à peine, mais fleur déjà pleinement éclose en son charme capiteux, dona Micaëla, la fille du gouverneur Romano de Villafranca, semble être un ardent produit de l'ardente nature qui l'entoure ; elle la personnifie en quelque sorte, et paraît une résultante de ces parfums, de ces couleurs, de ces rayons.

Sa bouche semble une cerise dans une coupe d'or pâle, car son teint aux tons chauds est presque doré.

Dans ses cheveux noirs à reflets bleus, une fleur écarlate est piquée, avivant ses joues ambrées.

Ses grands yeux noirs, veloutés et profonds, vous prennent au plus intime de l'être.

Tous ceux qui approchent dona Micaëla subissent l'enveloppement de ce regard... Nul n'échappe à son magnétisme étrange.

Notre jeune convalescent, lui aussi, a subi sans doute l'envoûtement délicieux. Une flamme passe en son regard lorsqu'il voit venir la splendide créature.

A l'expression ravie qui salue sa venue, Micaëla répond par un sourire charmant.

Elle tend les mains au jeune homme qui les baise longuement.

— Voyons, monsieur mon malade, dit-elle, ingénue et charmante, vous dépassez les bornes de l'indulgence du docteur. Il ne vous permet pas de rester si longtemps levé... Vous êtes faible encore, après la crise terrible qui vous a terrassé l'autre nuit.

— Mais si ma douce infirmière le permet... répondit-il en souriant, timide...

— Je vous l'ai permis hier... Mais aujourd'hui vous avez un peu de fièvre... Vos mains sont brûlantes...

— Non... Que vous êtes bonne, dona Micaela, fit le convalescent en la contemplant avec une reconnaissance admirative... Bonne autant que belle !... Tout est réuni en vous.

— Allons, allons, vous savez que je n'aime pas les compliments, répliqua-t-elle avec un doigt mignon, gentiment menaçant sur ses lèvres de corail... Plus un mot de cela, je vous prie.

— Et moi je sais que je ne puis assez vous remercier et vous bénir, vous, mon ange gardien, ma fée bienfaisante !

— Ne vous exaltez pas... Du calme, voyons, du calme... Allez-vous cesser de m'obéir, maintenant que vous êtes mieux ?

Elle avait posé sa main sur le front du jeune homme, semblant vouloir commander au cerveau chancelant encore.

Il dit lentement, les yeux mi-clos, tel un enfant qui savoure une caresse maternelle :

— Oh ! votre main, là, sur mon front !... Comme c'est frais !... Comme c'est bon ! Il me semble que c'est la force qui revient... C'est à vous que je dois la vie... Vous m'avez recueilli, n'est-ce pas, naufragé, mourant... Oh ! je ne sais plus... C'est en ma pauvre tête un chaos où tout se mêle, où je me perds... Dites, parlez... racontez-moi... rappelez-moi ce qui s'est passé.

Elle s'assit sur le fauteuil de rotin qui faisait face au rocking.

— Nous savons peu de choses, mon ami, je vous l'ai dit déjà. Vous êtes un des naufragés du « Balmoral », et comme nous l'a indiqué une carte de visite trouvée sur vous...

— Cette carte porte, m'avez-vous dit, le nom de...

— Lieutenant Georges Noirville.

— Georges Noirville, répéta lentement le malade... Lieutenant Georges Noirville...

— Ce nom est le vôtre... Il ne vous rappelle rien de votre famille, de votre pays ?

— Rien... toujours rien... Oh ! c'est affreux !... Et je cherche, je cherche
anxieusement à renouer des idées, des faits, des souvenirs... Tout s'efface
en mon esprit comme un miroir où l'on vient de souffler... C'est d'imprécis...
C'est le chaos... Et je souffre, oh ! je souffre de cette angoisse horrible... Et
je ne peux pas... non je ne peux rien raccrocher à ce passé...

Ses poings se crispaient nerveusement, pendant que l'exaltation en lui
montait.

Il prit sa tête à deux mains, et fondit en larmes.

— Vous n'êtes pas raisonnable, mon ami, dit la jeune portugaise, d'une
voix douce et ferme. Ces crises vous sont funestes. Je vais vous quitter, puisque vous ne m'écoutez plus...

— Non, ne vous en allez pas ! implora-t-il en retenant son bras... Vous

Les doigts fuselés de Colette Clairville plaquèrent un dernier accord (p, 9).

êtes un si doux, un si pur rayon dans la nuit !... Lorsque vous êtes apparue
à mon chevet de mourant comme un ange radieux, vous apaisiez ma fièvre...
Et pour revoir vos grands yeux et votre adorable sourire, je n'ai plus voulu
mourir... Pourtant, il me semble que j'ai souffert... que j'ai lutté, autrefois..
Je suis las, si las !...

— C'est fini, maintenant... puisque votre guérison est presque complète,
assure le médecin.

— Physiquement... Mais moralement, ma détresse est la même... Par-
fois je crois devenir fou !... Ma mémoire a fui... Il me semble être un autre
homme...

— C'est une amnésie accidentelle, a dit le docteur, et qui ne sera que
passagère. Un violent bouleversement a pu la produire ; un bouleversement
heureux pourra rétablir l'équilibre de vos facultés.

— Mais songez que d'ici là, je souffre... et que peut-être là-bas... bien
loin... on me pleure...

— En France, n'est-ce pas ?

— Oui, je crois...

— Mais votre famille ?... Aucun souvenir de ceux que vous avez ai-
més ?...

— Aucun.

— Pas le moindre point de repère ?...

— Rien... Rien... le Néant... Et si vous n'étiez pas là, ô ma bienfai-
trice !...

— Pas de blasphème, mon ami... interrompit-elle en souriant. Je sais ce que vous allez dire. Nous vous avons sauvé, père et moi, c'est pour vous faire retrouver les vôtres... Vous n'avez plus le droit de mourir.

— Combien don Romano a été bon, lui aussi !

— C'était son devoir de gouverneur de s'intéresser au pauvre étranger jeté par la tempête sur les côtes de son pays.

— Et vous, dona, si exquisement dévouée.

— C'était aussi mon devoir. Je fais partie des Dames Hospitalières de la Croix-Rouge portugaise. Nous nous préparons, dans nos îles, à notre rôle d'infirmières, car notre pays ne va-t-il pas, lui aussi, entrer en lice avec la France pour la lutte de la Civilisation et du Droit contre la barbarie allemande ?

— La France ?... La lutte ?... murmura le lieutenant, tendu en une préoccupation ardente, comme pour raccrocher son cerveau à un souvenir.

— Oui, reprit la jeune fille, la lutte à laquelle vous deviez prendre part, puisque vous êtes officier français...

— Lieutenant Noirville... dit encore le malade... Il me semble entendre quelqu'un me donner ce nom, en effet... Mais où ?...

II

L'amour rôde

— Alors, vous ne m'abandonnerez pas encore ? reprit l'officier. J'ai été blessé, et je suis si malheureux...

— Ce n'est pas aimable pour nous, répliqua-t-elle malicieusement... Mon père croyait que vous vous plaisiez en son palais.

— Si je m'y plais, s'écria-t-il avec exaltation.. Si je me plais en cette contrée splendide, en ces jardins merveilleux, où cette végétation superbe, ivre de soleil, inondée de parfums, me grise et m'enchante !... Si je me plais auprès de don Romano si généreux et si bon, chevaleresque autant que noble. Je l'aime et le respecte comme un père.

Sa voix se fit basse et profonde pour ajouter, avec un regard de flamme à Micaëla :

— ...Et près de vous, dona. Si je me plais près de vous ? Comment pouvez-vous le demander ? N'êtes-vous pas ma vie même à présent ?

Il s'était penché pour se rapprocher du fauteuil de la jeune fille, et les yeux ardemment fixés sur les siens, les mains jointes sur sa robe de crêpe blanc, il poursuivit, la voix étrangement alanguie..:

— Si vous saviez comme votre présence m'a été douce et bienfaisante... Vous êtes là, — et je ne souffre plus... Le trouble de mon cerveau, le tumulte de mes pensées heurtées et tourmentées s'apaisent, tout s'éclaire et chante en moi... Vous êtes là, Micaëla... je ne pense plus, je ne divague plus. Mon passé est mort ou effacé, qu'importe ? je ne veux pas savoir !... Vous êtes là !... Je vous vois... Nous sommes abrités sous le même palmier... nous respirons les mêmes brises... les mêmes souffles embaumés nous caressent. Je rêve ou je vis ?... Le sais-je ? Vous êtes là ! Pour moi l'heure est divine !

Micaëla, un peu pâle, ne répondait point à l'ardente litanie. Mais sa poitrine se soulevait par brusques saccades. Elle aussi, subissait le trouble étrange, le contagieux émoi..

Si bonne et si compatissante à tous ceux qui souffraient, Micaëla ne pouvait rester insensible à cet être jeune, si beau, et si violemment éprouvé... si manifestement amoureux.

Elle devinait bien qu'un drame terrible avait traversé la vie du naufragé et que cette crise avait emporté toute mémoire du cerveau...

Mais elle le sentait loyal et sincère, l'âme haute... Et elle ne pouvait empêcher un sentiment plus tendre de se glisser pour lui en son cœur virginal.

Il y eut un silence plein de trouble.

Des oiseaux diaprés d'arc-en-ciel chantaient dans les massifs de magnolias et de caoutchoutiers.

Au-dessus des jeunes gens, c'était un concert joyeux et un voluptueux frémissement d'ailes..

Les fleurs, enivrées de soleil, donnaient toute leur âme en une exaspération de coloris et d'odorants effluves

Sur le sable doré des allées, des insectes se poursuivaient, émeraude vivantes ou étincelles voltigeant.

Là, tout près, des grenades mûres tombaient, entr'ouvrant leurs deux cassolettes pleines de grains de rubis.

Partout, c'était la beauté féconde et triomphante, l'harmonie splendide et forte.

C'était la vie, et c'était l'amour qui criaient leurs adorables, leurs inéluctables lois !

Et les deux êtres jeunes et beaux, dont les doigts se nouèrent pendant que leurs âmes s'échangeaient, vibraient à l'unisson de cette harmonie et de cette beauté.

Micaëla avait deviné l'amour du jeune étranger recueilli sur le frêle esquif du « Balmoral ».

Ce seul nom de Georges Noirville, lu sur la carte de visite, sans adresse, sans indication de ville ou de localité, que signifiait-il ?

Les manières, l'éducation, le langage du naufragé le classaient dans une société élégante, raffinée même. On sentait en cet inconnu un être d'une race cultivée et choisie.

Il avait tout de suite été en communion d'idées, de goûts, d'habitudes, au foyer de Romano de Villafranca.

Mais la fière jeune fille ne pouvait laisser grandir en elle le sentiment qu'elle y sentait naître.. bien qu'il s'agît d'un officier français.

Elle avait eu de maternelles indulgences pour le blessé, pour le mourant.. Maintenant, elle devait les cesser à l'inconnu, un danger désormais.

On ne savait rien de son passé, qu'il avait oublié lui-même.

N'avait-il pas déjà dans sa vie, un amour ?..

C'était le devoir de Micaëla, elle le sentait, de repousser la tendresse du Français, car qui sait si des liens antérieurs ne le lui feraient rien regretter plus tard ?

Non, il ne fallait pas que Georges s'attachât à un impossible rêve. Il ne fallait pas qu'il fondât des espérances sur un amour destiné à se briser, car de nouvelles douleurs emporteraient certainement à la dérive le pauvre cerveau si faible encore.

Mais hélas ! c'est elle qui n'avait plus à présent la force de s'éloigner et de fuir l'être aimant et charmeur dont le cœur s'emplissait d'elle, dont la vie, elle le voyait, dépendait maintenant, uniquement d'elle et de son amour.

Elle n'osait plus retirer ses mains des mains frémissantes qui l'enserraient. Elle laissa l'anxieux regard boire la flamme sombre de ses yeux de velours.

Micaëla sentait bien qu'ils n'étaient pas tous deux responsables de cet amour qui s'était glissé insensiblement en leurs âmes, attisé encore par la nature complice, et que si maintenant il éclatait, véhément et superbe, c'est qu'ils n'avaient pu l'empêcher de chanter son hosannah...

C'est que cela devait arriver ainsi !...

— Comprenez-vous, Micaëla, reprit Georges Noirville, pourquoi les jours que je passe en votre palais me sont à la fois une ivresse et une torture ?... Ivresse quand vous êtes là, que je suis sous le charme exquis de votre regard, de votre volonté ; torture lorsque vous disparaissez et que je retombe dans la nuit de mes pensées, de mes lambeaux de souvenirs... Deux êtres s'agitent en moi : l'être d'aujourd'hui que vous avez fait revivre d'une vie nouvelle, comme un recommencement. L'autre, c'est l'être du passé... celui que je ne connais plus... mais qui me semble laisser derrière lui des larmes et du désespoir.

— Laissez-vous vivre, ami, et ne pensez pas... Quand vous serez mieux, nous rechercherons ensemble ceux que vous aimez et que vous avez laissés loin... et vous serez heureux..

— Je vous devrai tout ! fit le jeune homme en baisant passionnément la main fine qui s'abandonnait dans les siennes... Merci ! Merci !..

Un grand lévrier au pelage blanc taché de feu vint, bondissant, se jeter aux pieds de la jeune fille. Son museau frais quêta la caresse que mendiaient les yeux intelligents et doux.

— Ah ! voici mon brave Jonquille ! fit Micaëla en lissant la tête fine de la jolie bête. Mon père ne doit pas être loin.

En effet, don Romano de Villafranca s'avançait, grand et imposant, l'air très bon, malgré cela. Il était abrité par un grand chapeau de panama, très souple, dont les bords ondulaient sous la brise.

Il sourit aux jeunes gens, — sourire gracieux s'il en fût jamais sous le ciel.

Micaëla vint joyeusement au-devant de lui, accompagnée par Jonquille qui bondissait de joie, s'évertuant à prouver sa tendresse à ses maîtres

Le gouverneur des Iles Canaries eut pour sa fille un affectueux baiser, puis il vint amicalement serrer la main à son hôte, qui, de son rocking, lui tendait les bras.

— Eh bien, notre jeune malade, cela va de mieux en mieux, je vois... J'en suis ravi.

— Grâce à vous, Excellence, et aux bons soins de dona Micaëla.

— Grâce à votre robuste constitution et à notre climat vivifiant. Vous avez dû, en effet, traverser une crise terrible avant de venir échouer comme une épave, sur notre côte. Vous pouvez remercier Dieu qui a permis que l'on vous sauve.

— Je le remercie, et je vous remercie, vous et votre fille, senor, qui m'avez redonné la foi en la vie.

— Eh, pardieu, est-ce qu'à votre âge on parle de désespérance ? fit le gouverneur d'un ton cordial et badin.

— Hélas ! ne suis-je pas plus âgé qu'un vieillard, puisque je n'ai même pas comme lui le bénéfice du souvenir... puisque ma mémoire est morte... puisque je suis un homme sans passé et que je me sens malheureux et désemparé comme ce Pierre Schlémil dont vous me parliez l'autre jour, qui avait perdu son ombre ?

— Enfant, tout cela reviendra. Un mot peut-être vous remettra sur la voie de votre pays, de votre famille... Les recherches que j'ai ordonnées continuent. Elles aboutiront, j'en suis sûr. Partout, les magistrats et les policiers se renseignent.

— Quelle reconnaissance vous dois-je, senor ?... Oh ! me souvenir ! Que ne donnerais-je pas pour me souvenir ?

— Je vous en prie, implora Micaëla, luttez contre cette obsession ; elle ne peut que vous faire du mal.

— Le docteur m'a raconté que dans mon délire, je parlais de la mer, d'un navire, d'une catastrophe... Et je cherche, constamment, je cherche sur ces données à reconstruire ce qui s'est passé..., ce passé qui m'échappe.

— Vous vous fatiguez inutilement.

— Peine perdue, en effet. Ma mémoire ne remonte pas plus loin que le commencement de mon séjour ici.

— Combien nos recherches eussent été aidées, reprit don Romano, si ce marin survivant du « Balmoral » avait pu être interrogé ! Mais il s'est enfui de l'hôpital où on le soignait avant même qu'on le crut en état de répondre à un interrogatoire.

— Ah ! oui, ce John Buttley ! dit Micaëla.

— Georges Noirville écoutait attentivement. Au nom de Buttley, un éclair avait brillé dans son regard. Un frémissement avait couru sur ses lèvres, et ses sourcils s'étaient froncés, comme sous l'effet d'un violent effort.

— Buttley !... répéta-t-il.

— Ce nom vous rappelle-t-il quelque chose ? interrogea le gouverneur avec sollicitude.

— Attendez !... Oui... Il me semble... Buttley ! Buttley !... La catastrophe... Un choc dans le bateau... des cris... de l'épouvante... des gens qui se sauvent dans les barques... d'autres détonations formidables... Le bateau saute... Je vois... Oh ! ces cris !... du sang....

Il s'arrêta, étreignant son front de ses mains comme pour contenir les atroces visions, et un sourd gémissement sortit de ses lèvres soudain pâlies.

Puis le regard fixe, comme halluciné, il continua :

— Un radeau... Oui, une épave... Je suis là avec Buttley... Oui Buttley... c'est lui qui m'a sauvé... Il a partagé avec moi son pain mouillé d'eau de mer Et nous sommes restés tous deux longtemps sur le radeau... si longtemps... si longtemps !... Il faisait froid... Et puis le soleil est venu... Un soleil doux, exquis... Nous approchions des Iles sans doute.... Et je me suis endormi... Et plus rien... Plus rien...

L'officier français passa sa main sur son front moite de sueur.

— Non, plus rien, fit-il.

La lueur qui venait d'éclairer une minute son cerveau obscur s'éteignait déjà.

III

Le cœur s'envole...

Un après-midi, sous les magnolias, don Romano de Villafranca et son hôte fumaient d'odorantes cigarettes, pendant que Micaëla versait dans de minuscules tasses de Chine la liqueur ambrée.

Le jeune Français regardait, inlassablement, la jeune fille aux mouvements souples autant que gracieux...

Il lui semblait que jamais elle n'avait été si belle.

Dans cette fin de jour, d'une splendeur incomparable, sa pure silhouette se dessinait sur l'ombre descendante comme si son teint frais et ses yeux de flamme eussent gardé toute la lumière du jour.

Elle paraissait incarner toute la Beauté et toute l'Harmonie.

Georges Noirville sentait son cœur se gonfler de bonheur.

Il l'aimait, cette créature adorable !.. Il l'aimait, oui ! à en mourir !...

Et elle avait pour lui un sentiment très doux, très tendre... il le savait, il le devinait.

Elle serait sa femme !..

Cela, il en avait l'intuition du cœur.

Elle consentirait, Georges en était sûr !...

Don Romano de Villafranca consentirait, lui aussi...

Depuis longtemps Georges ajournait sa demande !... Maintenant, il ne pouvait attendre davantage.

Il allait tout de suite solliciter la main de Micaëla...

Don Romano dirait oui... Le bonheur était là, tout près... Ce serait la joie suprême... divine...

Il ferait fuir toutes les visions et les cauchemars d'autrefois.

Il fallait parler...

Georges Noirville fit un mouvement pour se lever, s'approcher du gouverneur... adresser la requête...

Mais en avait-il le droit ?

Un scrupule subit lui vint.

Don Romano était pour lui bienveillant et paternel... Mais, accepterait-il de donner sa fille à celui dont il ignorait la famille, le passé ?...

Qu'apportait Noirville, à sa fiancée ?...

Qui était-il lui-même ?... Un simple officier.

Que savait-on de lui et des siens ?...

Non, il ne pouvait pas prétendre à la fille du gouverneur des Iles Canaries !...

Il ne pourrait jamais espérer à la joie rêvée !...

Il retomba sur son siège, morne, les yeux pleins de larmes, le cœur serré, mordu de son éternelle souffrance.

Mais déjà Micaëla s'approchait, souriante et bonne, parlant de sa voix suave, et le chagrin s'apaisait :

La voir !... Vivre près d'elle... comme cela... comme un enfant auquel une sœur aimée prodigue soins et caresses... N'était-ce pas suffisant ?...

Lui, le paria, le désaxé, avait-il le droit de réclamer autre chose que cette aumône-là ?

A ce moment, le sable de l'allée cria sous un pas lourd... C'était un valet qui approchait, un plateau d'argent à la main.

Don Romano de Villafranca prit la carte qui y était déposé, et lut :

DON GUIOMAR Y MORENA

Alcade de Las Palmas

— J'y vais, dit avec empressement le Gouverneur. Introduisez don Guiomar dans mon cabinet... Reste avec notre hôte, Micaëla. Je vais voir ce que désire l'alcade et je reviens aussitôt.

— Oui, mon père, je ferai la lecture à notre malade, si toutefois cela lui agrée ? interrogea-t-elle, avec un sourire enchanteur, en regardant le jeune Français muet d'admiration devant elle.

Le gouverneur s'éloigna.

Mais Georges Noirville restait absorbé dans une sorte d'extase en contemplant la jeune fille.

Tout s'effaçait en lui, pour se plonger de tout son être, dans son amour... sa seule raison de vivre à présent.

Il prononça, ardemment :

— Non, pas lire... Ecouter, respirer, sentir, rêver... adorer senorita... Pourquoi lire ?

— Du tout, du tout ! fit-elle, gentiment autoritaire... Ces rêveries ouvrent la porte à vos idées douloureuses et incohérentes encore ; elles laissent la bride sur le cou à votre terrible imagination... Et vous ne le devez point : la Faculté le défend... Il faut être raisonnable et ne point penser... A ce prix seulement nous demeurerons bons amis.

Noirville devait se résigner.

Il eut une moue de dépit, comme un enfant contrarié. Mais elle ajouta, avec un sourire charmant :

— Micaëla le désire !...

Il ne résista pas... et la jeune fille ouvrit son livre pour commencer la lecture...

IV.

Autour d'un écho de journal

L'alcade de Las Palmas attendait le gouvernuer des Canaries dans le cabinet de travail de don Romano de Villafranca.

Ce vaste cabinet gardait, malgré son luxe, un aspect austère, avec ses meubles noirs, admirablement sculptés, ses bronzes et ses vases cloisonnés antiques de la Chine et du Japon.

La table où écrivait ordinairement don Romano, tout incrustée d'argent, avait, dit-on, appartenu au terrible duc d'Albe, le froid tyran des Flandres.

Une grande baie vitrée coupait les tentures sévères, en haute lisse, pour encadrer en un horizon splendide la rade et le port, ainsi qu'à droite le coin d'une forêt de palmiers qui se balançaient sous la brise du large.

L'alcade salua le maître du logis.

— Pardonnez-moi de vous déranger d'aussi bonne heure, monsieur le Gouverneur, dit l'alcade, après les courtoises salutations d'usage. Mais je viens pour une chose qui pourrait intéresser votre jeune hospitalisé...

— Et quelle est cette chose, mon cher alcade ? Les recherches de notre Parquet auraient-elles déjà abouti au sujet de la famille de ce Français mystérieux ?

— Non, rien d'officiel... Mais j'ai reçu tout à l'heure un grand journal parisien auquel je suis abonné, et j'y ai trouvé le nom de votre protégé.

— Ah ! le nom de Noirville ?

— Oui, lisez vous-même, Excellence.

L'alcade tendit à don Romano le journal. Un coup de crayon bleu marquait l'entrefilet suivant :

Un grand mariage parisien

« Mlle Colette Noirville, la fille du riche banquier de la rue Laffitte, vient d'être fiancée à M. Kridje Hurmack, le fondé de pouvoirs de son père, qui va reprendre avec l'habileté et la parfaite courtoisie qu'on lui connaît, l'important établissement financier.

« M. Noirville, accablé par le chagrin que lui a causé la mort de son fils, se retire des affaires où son nom est si honorablement connu depuis vingt-cinq ans.

« Qu'il reçoive ici l'assurance de nos vœux et de nos sympathies. »

— Noirville ? répéta le gouverneur. Et c'est bien la même orthographe que sur la carte du passager du « Balmoral »... Serait-ce la même famille ?

— C'est probable.

— Possible du moins.

— Si vous interrogiez encore le jeune homme, Excellence ? Ces quelques détails nouveaux feraient peut-être jaillir une étincelle de souvenir ?

— J'essaierai. Tout cela, pourtant, le fatigue...

— Le médecin permet-il d'appeler l'attention de son cerveau, à présent, de la concentrer un peu ?

— Oui, notre malade est assez fort. Cependant, le docteur a bien reconnu des lésions de cellules mnémotechniques... Ce sera long.. très long !

— Mais il y a des chances de guérison, Excellence ?

— Sans doute : avec le temps ou sous le coup d'une émotion soudaine dont l'effet détruira celui qu'une autre émotion violente a dû provoquer. On a déjà vu cela.

— Ce cas est extrêmement curieux. Et j'essaie de retirer l'entrefilet du journal parisien à la situation de notre naufragé.

— Il n'y a peut-être, au fait, aucune corrélation. Ce nom de Noirville est fréquent, sans doute en France, à Paris même. Je préférerais, avant de troubler l'esprit de notre malade, avoir des nouvelles de John Buttley, l'évadé de l'hôpital de Las Palmas.

— Celui-là doit en effet savoir bien des choses sur la fin du « Balmoral » et sur ses passagers.

— Oui, certes.

— Mais j'ai idée que ces choses étaient plus ou moins avouables, puisque Buttley a fui, très faible encore, pour se dérober aux interrogatoires qui l'attendaient.

— C'est en effet un étrange mystère, ajouta le gouverneur. Enfin, allons parler au jeune Français de cette famille parisienne qui porte son nom.

— Nous verrons bien si ces détails éveillent en lui un écho quelconque.

Don Romano de Villafranca et don Cuiomar y Morena, descendirent la balustrade de marbre qui mène, par de gracieuses terrasses, aux jardins du palais vice-royal.

Sous le bosquet de magnolias et de caoutchoutiers, le convalescent écoutait, comme baigné d'extase, la lecture de dona Micaëla de Villafranca.

Ce sont les stances du « Cid » que la jeune fille déclame de sa voix bien timbrée, souple et chaude. comme une caresse.

Et l'on pourrait se demander si ce sont les vers de ce chef-d'œuvre admirable que la littérature espagnole a inspiré à notre immortel Corneille qui émeut ainsi le malade ?...

Ou si c'est en passant par la bouche exquise de la lectrice que le vers, prenant une telle ampleur, lui semble gonfler son âme d'un bonheur nouveau ?...

L'alcade salua respectueusement dona Micaëla et serra la main du jeune homme.

Lui aussi s'était intéressé au naufragé du « Balmoral » et il lui gardait une sympathie réelle, comme tous ceux qui l'abordaient.

— Mon cher hôte, commença don Romano, voici un journal français qui vous fera plaisir. On y parle d'une famille Noirville, de Paris ? Serait-ce la vôtre ?

— La mienne ?

— Voilà qui simplifierait nos recherches.

— Noirville ?... répéta le convalescent.

— Oui... Un grand banquier de la rue Laffitte.

L'éclair de tout à l'heure passa encore dans son regard. Sa volonté se tendit en un nouvel effort.

Mais tout s'éteignit comme les précédentes fois.

Don Romano de Villafranca mit alors sous les yeux du jeune homme le journal à l'entrefilet marqué de bleu.

IV

L'Eclair dans la nuit

L'officier lut, sans hâte.

Puis soudain, il pâlit.

Ce n'était pas de la pâleur, mais de la lividité presque, — une blancheur qui se confondait avec la blancheur neigeuse de ses vêtements.

Un tremblement fébrile agita ses mains diaphanes, pendant que ses lèvres murmurèrent

— Hurmack !

Puis sa voix, sourde, d'abord, s'enfla comme une vague que la tempête soulève pour devenir vibrante et forte en répétant à plusieurs reprises :

— Hurmack ! Kredje Hurmack !

Une émotion croissante se reflétait sur le visage du jeune lieutenant.

Il ne quittait pas des yeux le journal où les lignes, les lettres paraissaient danser devant lui.

L'émotion devint de la stupeur, de l'angoisse, de la terreur, de l'épouvante, pour se fondre en une colère violente qui lui crispa les traits.

Dona Micaëla eut peur de la crise qui s'annonçait chez son cher malade.

Elle tendit les bras, prête à lui porter secours.

Son père la retint.

— Laisse, dit-il. C'est peut-être le salut !

Georges s'était levé.

— Hurmack ! s'écria-t-il encore, mais avec un geste de haine et d'indignation véhémente. Hurmack !... Lui !...

Tout un monde de pensées tumultueuses s'agitait en lui-même...

Le voile se déchirait devant le terrible passé...

La sinistre image du fondé de pouvoirs se dressait, terrifiante et maudite, pour éclairer sa nuit d'une sanglante lueur.

— Hurmack !...

Ce seul mot avait frappé Georges Noirville, l'hypnotisant en quelque sorte.

Hurmack ! l'assassin... le misérable... l'auteur de tant de souffrances, et de tortures....

Ce nom suffisait à provoquer le bouleversement affreux qui se reflétait sur les traits du convalescent.

Le docteur de Las Palmas qui avait soigné le naufragé avait eu raison : le violent bouleversement rendait la mémoire à Georges Noirville.

Et ce nom de Hurmack, chargé de malédictions et de haine, provoquait le déclanchement que n'avait pas obtenu le nom paternel.

C'est que, pour Georges, il résumait les dernières impressions ressenties avant l'attentat au pied de la falaise de Sangatte, avant que sa mémoire ne se refermât brusquement, ployée par tant de drames successifs.

Maintenant, l'officier se sentait heureux comme au sortir d'un long cauchemar, triomphant de se sentir maître de lui comme autrefois, maître de son cerveau et de sa pensée.

Georges allait enfin retrouver un père chéri, une sœur aimée... et Christiane, la fiancée choisie !...

Ce dernier nom lui donnait un lancinement au cœur.

Christiane !... Il l'avait aimée... Elle devait être sa femme !... C'était promis.

Et pourtant, il adorait maintenant Micaëla !

O abîme du cœur humain !

Insondable gouffre où bouillonnent sans cesse les passions et les sentiments qui nous entraînent, nous emportent en un tourbillon éperdu, bien plus fort souvent que notre volonté !

Georges n'était pas bien sûr que tout cela encore ne fût pas un rêve.

Une fantasmagorie de son imagination...

Une hallucination nouvelle qui prenait jour dans sa conscience éperdue...

N'avait-il pas éprouvé cela déjà ? Quand sa pensée, telle une flamme vacillant sous le vent, cherchait à s'orienter, à se diriger, à se reprendre ?...

Un rêve faux et menteur ?

Mais non, il se rappelait tout maintenant.

La soirée tragique de Calais, le pli que lui avait remis l'amiral Le Corbeiller, avec mission de le transmettre en toute diligence et en absolu secret au gouvernement américain...

La barque qui attendait au bas de la falaise de Sangatte pour le conduire à bord du « Lincoln »...

Les deux misérables qui le frappèrent, lui prirent le portefeuille contenant le pli précieux... puis le jetèrent dans la mer...

Il revoyait la scène...

Il revoyait surtout le visage de Hurmack penché sur lui pour le dépouiller de son document diplomatique.

Il se rappelait tout à présent !

Hurmack ! le bandit !...

Comme il avait eu raison de se méfier de lui autrefois, de le haïr, presque inconsciemment déjà, à la banque de son père, lorsqu'il le voyait s'élever peu à peu, à force d'habileté et d'intrigues et qu'il avait deviné son projet de prendre un jour la banque à son compte !

Ah ! il avait habilement manœuvré, le fondé de pouvoirs !

Son rêve allait se réaliser... Il allait épouser la jolie, la mignonne Colette, devenir le gendre du puissant financier... se poser dans la société parisienne...

A la faveur de quelle intrigue, de quels mensonges, le louche financier s'était-il emparé de l'esprit de M. Noirville et de Colette, pour les décider à cette union ?

Et Georges n'était pas là pour le démasquer !

Il comprenait à présent pourquoi Hurmack avait voulu le supprimer, lui, le fils de son patron, l'adversaire du mariage projeté...

Pour se débarrasser de lui, Kriedje n'avait pas hésité à commettre le crime de Sangatte.

Là, pourtant, Georges se troubla plus encore...

Ce n'était pas simplement sa mort qu'avait projetée Hurmack.

Il avait volé le pli confidentiel qui pouvait être un secret d'Etat... Pourquoi ?

VI

La raison du crime

Soudain, l'esprit du lieutenant Noirville fut aveuglé d'une fulgurante clarté :

— Hurmack devait être un agent allemand... qui avait un intérêt immense à ce que le pli de l'amiral Le Corbeiller n'arrivât pas à sa destination, puisqu'il s'en était emparé lui-même !

Hagard, frémissant, Georges recula, le bras étendu comme devant un gouffre...

C'était bien un gouffre, un abîme sans fond, que les ruses et les infamies allemandes ouvraient devant lui...

Hurmack, agent allemand ?...

Qu'y avait-il d'étonnant à cela ?

Il s'était donné à la banque Noirville comme sujet hollandais, naturalisé français depuis des années... Il avait affiché des sentiments patriotiques, zélés même...

Mais Georges avait senti en lui, dès longtemps, tous les appétits, toutes les obséquiosités, les mensonges et les hypocrisies de la race teutonne.

Il en avait parlé à son père ; mais M. Noirville, brave homme qui croyait à l'honnêteté, ne voulait pas voir le mal en cet employé modèle, dévoué, qui se dépensait pour lui en attentions et en dévouement de toutes sortes.

Ah ! ces agents allemands ! Il y en avait donc partout !

Au sein des nos plus belles, de nos plus dignes familles françaises où ils s'étaient glissés, telles de souples et dangereuses vipères !...

Parmi les soldats et les matelots anglais, comme parmi nos troupes à nous... prêts à semer partout le désordre et l'anarchie pour y mieux amener la division et la mort !

Les Boches n'avaient pu vaincre par les armes... leurs chefs essayèrent de nous perdre par d'occultes et troubles manœuvres !

Quel abominable, quel hideux, réseau tendu sur le monde, pour l'utilité et l'intérêt de la nation maudite !

Jusqu'à bord du « Balmoral », ce Ferruchs, autre agent allemand, qui avait amené le bateau comme une proie prête à être avalée par le monstre sous-marin !

Georges comprenait, reliait tout, à présent !

John Buttley lui avait raconté les agissemens du grand Will, la révolte des matelots, le rôle qu'il y avait joué, lui, Buttley... mais qu'il avait voulu effacer, en aidant au sauvetage de tous, quand il avait démasqué Ferruchs, le Boche.

Le gouverneur des Canaries, sa fille et l'alcade restaient silencieux, respectant l'émotion de leur hôte.

Celui-ci, plus calme, à présent, reprit le journal et le relut avec plus d'ordre, de méthode.

Mais de nouveau, ces mots flamboyèrent devant lui.

« Colette, fiancé à Hurmack, le fondé de pouvoirs de la Banque Noirville ! »

Georges restait écrasé, anéanti par cette stupéfiante révélation.

Le chagrin, la colère, l'indignation l'étouffaient.

Était-ce bien possible ? Sa sœur, sa petite Colette chérie, épouser ce misérable ?... Cet espion allemand ? Non... ce devait être un nouveau et terrible cauchemar... Tout ce qu'il venait d'échafauder, c'était certainement une folie de son cerveau déséquilibré...

Et il revit, distinctement, la jeune fille blonde au charmant sourire, au cœur dévoué, qui répandait un rayon de soleil sur toute la famille, sur toute la vieille maison de la rue Laffitte...

Il s'attarda un instant dans l'évocation exquise du joyeux intérieur familial... Il vit, sur le canapé du petit boudoir bleu de Colette, une autre jeune fille aux lourdes torsades sombres...

C'est Christiane Morvilliers, l'amie intime de Colette...

Sa fiancée à lui !

Un lancinant regret lui mordit le cœur, tout à coup...

Il eut pour Micaëla un regard éperdu de douleur et d'amour.

Tout était bien vrai... Il fallait partir, souffrir de nouveau...

Ne serait-ce pas un adieu éternel qu'il faudrait dire au beau rêve à peine ébauché sous le ciel bleu des Iles, dans l'ombre des magnolias... parmi les effluves d'enchantement ?

N'avait-il pas échangé avec Christiane un serment ratifié par les deux familles ?

N'était-il pas engagé devant sa conscience et devant Dieu ?

Avait-il le droit de songer à un autre amour... de le laisser croître, impérieux dans son cœur ?

Certes, il avait pu oublier cette ancienne tendresse, dans le charme magique de son séjour en cette région enivrante, auprès de l'exquise créature qu'était la fille du gouverneur...

Il avait une excuse : Le choc dû aux coups de Hurmack, paralysant momentanément son cerveau, avait répandu sur tout son être un voile d'oubli.

Cœur et cerveau restaient vides de tout souvenir. Aucune tendresse ne subsistait dans ce cœur, comme aucune image dans ce cerveau.

C'est donc libre de toute affection, que le lieutenant Noirville entrait au palais de don Romano de Villafranca. Et point n'était sa faute si les chères images de Las Palmas remplaçaient les anciennes... si Micaëla régnait dans son âme en souveraine triomphante et incontestée.

Et maintenant, pourrait-il oublier Micaëla ?

Cependant, à mesure que Georges reprenait conscience de son passé, il reprenait aussi conscience de ses devoirs.

Son devoir l'appelait immédiatement à Paris, ce Paris qui ressuscitait soudain de la brume où tant de souffrances avaient endormi son « moi ».

Paris !... Partir !... Que de douleurs encore en perspective !

Qu'allait-il trouver là-bas ?

Mais qu'importe ! Il irait jusqu'au bout.

Car ce n'était pas un rêve... Le voilà bien, là, sous ses yeux, le journal qui annonce cette chose monstrueuse, sacrilège : les fiançailles de Colette, la pure Colette, avec ce misérable Hurmack !... Cet espion allemand, il ne pouvait plus en douter.

En quelques minutes, tous ces sentiments agitèrent, bouleversèrent l'officier. Mais son parti fut vite pris, et le sacrifice accepté vaillamment...

Il fallait aller au secours de Colette, empêcher le mariage abhorré avant qu'il ne soit trop tard...

Et puis, on se battait, en France.

Il était officier français ; il fallait reprendre immédiatement son poste de combat. Il fallait se justifier de n'avoir pu remplir la mission à lui confiée à Calais.

Il fallait accomplir la promesse faite à Christiane Morvilliers, la pauvre enfant qui le pleurait, sans doute...

Il fallait enfin consoler le pauvre père désolé qui croyait à la mort de son fils.

VII

Déchirement

Combien il devrait aller vite, même pour réparer le temps perdu... le temps où, grâce aux immondes menées de l'ennemi, il était resté immobilisé, inerte et veule, comme un enfant et un jouet !

Ah ! que tout avait été habilement préparé, et que Hurmack avait bien manœuvré !

A ce nom de Hurmack, Georges sentait une fureur monter en lui, un besoin de châtier, une soif de se venger qui lui ferait braver le monde entier.

Tel un coup de fouet qui stimule la cavale, la colère du lieutenant lui rendait des forces soudaines...

Colette, elle aussi, eut un profond chagrin (page 12).

Le malade de tout à l'heure se sentait en cette minute toutes les énergies et toutes les audaces. Il était galvanisé. Maintenant, il risquerait tout !

En une seconde, son parti fut pris.

— Pardonnez-moi, senor, dit-il à don Romano de Villafranca... Je vais quitter votre hospitalière demeure, malgré toute ma reconnaissance. Le mariage qu'annonce ce journal est celui de ma sœur avec le bandit qui a voulu m'assassiner... qui m'a volé le document secret que je portais en Amérique... Laissez-moi partir tout de suite... Il faut que je sauve ma pauvre sœur, que je démasque l'imposteur, l'espion, le maudit !

— Partir ! dit Micaëla doucement. Etes-vous assez fort pour un tel voyage ?

— Dieu me donnera des forces ! Il faut que j'arrive à temps... Et puis, mon pays est en guerre ; je rougis de mon repos ici... J'ai été trop heureux !

Très pâle, Micaëla ne répondit pas, mais son regard se détourna pour ne pas laisser voir son trouble.

— Partez, mon enfant, prononça gravement le gouverneur des Canaries. Je suis heureux que vous retrouviez votre famille, et comprends trop bien vos patriotiques devoirs pour vous retarder.

Micaëla avait suivi sur le visage de son ami la crise violente qui venait de se dérouler en son âme. Discrète, en son infinie délicatesse, elle n'osa pas l'interroger, ni ajouter un mot

Elle sentait bien qu'il faisait son devoir...

Mais une angoisse l'oppressait, et une larme brilla dans ses yeux de velours, lorsque Georges, s'agenouillant devant elle, prononça lentement :

— Quoi qu'il arrive, Mademoiselle, le souvenir de vos bontés vivra toujours en moi... toujours...

— Adieu ! Que Dieu vous donne le bonheur !

Don Romano et l'alcade accompagnèrent le jeune homme qui voulait commencer sur l'heure ses préparatifs de départ. Malgré son état de convalescence, il désirait partir le lendemain. Il fallait se hâter.

Georges invita, au nom de son père, don Romano de Villafranca à venir à Paris avec Micaëla.

— Mon père serait trop heureux de recevoir à son tour ceux qui ont sauvé son fils. Donnez-lui cette joie senor.

— C'est fort possible ! répondit en souriant le gouverneur qui était sincèrement attaché au jeune homme. Nous sommes à un grave tournant de l'histoire, ajouta-t-il presque solennellement, et peut-être que mon pays va lui aussi se battre avec la France pour défendre le Droit et l'Honneur du Monde !

— Que je serai fier et heureux, don Romano de compter le Portugal parmi nos alliés !

La France peut, en attendant que nous lui envoyons des troupes, être assurée de toute notre admiration et de toute notre sympathie !

— Merci, merci, senor ! fit le lieutenant Noirville en serrant les mains du vieillard. Vos paroles me sont un précieux réconfort... De sentir avec nous tous les peuples loyaux et fiers, c'est une double raison d'escompter la Victoire !

Micaëla était restée sous le massif...

Les oiseaux trillaient toujours dans les branches, les fleurs embaumaient l'air de leurs subtiles et pénétrantes senteurs. Tout continuait à chanter, bruissements, gazouillis, harmonies et couleurs...

Mais Georges partait...

Loin.. vers la France...

Et dans l'être de la jeune Portugaise, une tristesse montait... mettant comme une note sombre et discordante dans la joie ambiante.

Quelque chose d'indéfinissable et d'angoissant étreignait son âme habituée jusque-là à chanter et à sourire.

Sur la poudre d'or du premier amour, le vent d'orage soufflerait-il déjà ?...

*
* *

Ce fut le cœur palpitant d'espoirs... et de déchirements affreux, que Georges Noirville quitta Las Palmas...

Las Palmas où il avait tant souffert !...

Las Palmas où il avait connu des heures divines !

Le lendemain il s'embarquait pour la France

Fin de la deuxième partie.

TROISIÈME PARTIE

LA MARCHE NUPTIALE ET LA MARCHE FUNEBRE

I

L'imposteur

Dans son vaste et imposant cabinet de la rue Laffitte, Hurmack — monsieur Hurmack — travaillait.

C'était l'heure de la Bourse...

Le financier passait ses ordres.

Et il faut convenir qu'il y mettait une parfaite dextérité de manieur de chiffres, de tritureur de bordereaux, d'additionneur de comptes.

Il jonglait avec cela, très à l'aise, quittant le récepteur du téléphone, le reprenant, traçant une note rapide, totalisant une addition, dictant un ordre au dictophone, bref, brassant les affaires de haut et de loin.

Un type, ce Hurmack, avec son faciès roux, sa bouche lippue et son regard furtif.

Un type qui n'avait rien du Français, et tout du Germain, par contre... mais l'homme s'en rendait compte, et il corrigeait par certains artifices la lourdeur de sa physionomie de brute teutonne.

Ainsi, il coupait sa moustache de très près, ses sourcils de même. Il arrivait, de la sorte, à obtenir une certaine légèreté d'expression.

Ce qui ne changeait pas, c'était la signification de ses yeux durs, haineux, volontaires.

Depuis sa mainmise sur la maison et son assurance qu'il serait à la fois gendre, successeur, héritier, le toupet, le toupet infernal de Hurmack s'était encore accru.

Il se sentait doué à présent d'une audace à toute épreuve, à l'abri de tous les événements.

Après une telle réussite, rien ne lui semblait impossible désormais... Rien !

Il s'estimait de taille à braver tous les destins, à affronter tous les vents et toutes les tempêtes.

Cette confiance en soi-même était, avouons-le, justifiée pleinement par les événements.

Et elle s'augmentait encore de ce fait que M. Noirville lui laissait, à présent, les mains absolument libres.

La situation de l'établissement avait été, à un certain moment, branlante et compromise.

Ensuite, l'équilibre s'était rétabli, très heureusement, et le banquier en avait reporté la cause à l'habileté de Hurmack.

Celui-ci, d'ailleurs, s'était attribué un mérite quelque peu imaginaire dans les diverses opérations financières qui avaient rétabli la situation.

A la vérité, la maison Noirville s'était sauvée par sa propre réputation et ses propres ressources.

Mais Hurmack avait su, fort habilement, se donner les gants de ce succès.

De plus en plus, donc, le père de Georges était enclin à décharger ses épaules sur celles du fondé de pouvoir, du lourd fardeau qui l'accablait.

Et puis, il n'avait plus de cœur au travail.

Lui jadis si actif, devenait las...

Depuis la disparition de son fils, — cet enfant adoré s'il en fut jamais, — M. Noirville avait beaucoup vieilli.

Sa robustesse native n'avait pu résister à cet assaut de la Destinée. Elle s'effritait, usée. La machine humaine n'avait plus le ressort de jadis. Un sourd désespoir tuait le pauvre homme.

Il ne s'intéressait plus à rien, et Colette même n'arrivait pas à le distraire de son chagrin.

Toujours morne et sombre, il paraissait fléchir sous le poids de pensées trop pesantes et trop tristes.

C'est ainsi que, peu à peu, il en était arrivé à laisser carte blanche à Hurmack, son associé actuel.

Celui-ci en profitait pour s'imposer à tous — personnel et clients — comme un maître absolu.

Imposteur par nature, il le devenait davantage encore par l'occasion présente.

Nous venons de le voir dans l'exercice de ses nouvelles fonctions de patron de l'établissement.

Ah ! le gaillard faisait un joli rêve !

Qui aurait pu prévoir cela ?

Personne, pas même lui, quand il était simple petit saute-ruisseau à la banque Schwartzhof à Berlin.

Depuis, l'infime commis, le minuscule groom à faire les courses et à ouvrir les portières, avait accompli un chemin que beaucoup — de mieux doués — auraient pu lui envier !

Il opérait donc en grand, trônait, tranchait, en attendant que Colette devînt sa femme et qu'il pût décerner le titre de beau-père au brave homme dont il avait usurpé la confiance...

Au pauvre père dont il avait trahi l'affection paternelle en lui ravissant son fils !

....

*
* *

Le téléphone continuait à fonctionner sans arrêt.

Les ordres se croisaient, enregistrés par les secrétaires.

Des télégrammes arrivaient, s'amoncelant sur le bureau du futur gendre de M. Noirville :

Ordres, commandes, envois de fonds...

Hurmack, tout en téléphonant, prenait connaissance de ces dépêches et leur donnait, séance tenante, la suite qu'elles réclamaient.

Le garçon de bureau en apporta une nouvelle.

Machinalement, Hurmack la prit, l'ouvrit, y jeta les yeux tout en appelant encore :

— Allo !

Mais la voix s'étrangla dans sa gorge.

Il pâlit effroyablement...

Dans ses yeux passa un nuage.

Et le misérable porta la main à son front, en laissant retomber devant lui le papier bleu.

Le télégramme portait ces mots :

Bordeaux. — Arriverai ce soir, neuf heures, en gare d'Austerlitz.

Et il était signé :

Georges Noirville...

Quel coup pour l'imposteur !

Un instant, il crut ne pas pouvoir le supporter.

Des éclairs passaient dans ses yeux ; un vertige l'assaillait ; il demeurait comme étourdi.

Mais Hurmack possédait la force d'âme des grands coquins qui ont illustré la Cour d'assises.

Il réagit...

Et, dominant son émoi fatal, il reprit la dépêche, la relut... la relut encore...

La phrase redoutable était toujours là :

Arriverai ce soir, neuf heures, en gare d'Austerlitz. — Georges Noirville.

Déjà Hurmack reprenait son sang-froid, qui l'avait abandonné une courte minute.

Se ressaisissant vite, il jeta un coup d'œil rapide autour de lui.

Personne n'avait rien remarqué.

Il respira...

Puis, très calme en apparence, il continua à dicter ses ordres.

II

Le coup du taxi

La journée fut longue pour Hurmack...

Il lui fallut faire bonne mine à de nombreux clients, ne laisser deviner son obsédant souci à personne

Il lui fallut subir la visite d'un syndicat de financiers venus pour l'entretenir de la participation de la maison Noirville à l'entreprise gigantesque de l'après-guerre : l'adduction des forces du Rhône à Paris.

Enfin, il lui fallut vivre quelques heures côte à côte avec M. Noirville et sa fille.

Depuis son accession au rang de fiancé, Hurmack était devenu le commensal du banquier et de Colette.

En temps ordinaire, ces repas étaient pour lui un délassement dans son opiniâtre labeur.

La bonté de M. Noirville, la grâce spirituelle de Colette le charmaient, le séduisaient.

Quoique Colette se montrât toujours réservée, et même froide, sa douceur et son esprit se manifestaient quand même, comme la rose donne son parfum.

Et Hurmack éprouvait une joie satanique à se dire que bientôt, cette créature exquise serait à lui.

Quel triomphe, alors !

Mais aujourd'hui, il n'était pas question de cela.

Une pensée unique, obsédante, tenaillait le cerveau du fondé de pouvoirs :

Ce soir, Georges Noirville serait là.

Il le démasquerait...

Il raconterait son infamie, son crime...

Il dirait le drame de la mer...

Mais bientôt, une autre pensée se faisait jour dans l'esprit tourmenté du misérable :

A tout prix, il fallait empêcher le retour de l'absent.

S'il ne l'empêchait pas, Hurmack était perdu !...

Son premier soin avait été de cacher le télégramme du lieutenant Georges Noirville, — télégramme qu'il avait ouvert bien qu'adressé au banquier, car il y était autorisé comme homme de confiance et remplaçant du patron.

En dissimulant cette dépêche, il gagnait du temps.

Il ne se disait pas qu'il frustrait d'une joie immense le père et la sœur de Georges...

Cette considération ne touchait pas son âme endurcie.

Il ne songeait qu'à lui, qu'à assurer son salut par tous les moyens et avec cette même audace qui l'avait si bien servi jusqu'i

*

Vers le soir, Hurmack prétexta un rendez-vous d'affaires pour ne point paraître à la table du banquier

Il alla dîner dans un restaurant connu de la place de la Bastille.

Et, un peu avant neuf heures, il se trouvait aux aguets, gare d'Austerlitz

Son impatience et sa fébrilité étaient extrêmes.

Un obstacle se dressa devant lui.

Quand il voulut entrer dans la gare, il apprit, par les avis apposés aux guichets, que les billets de quai étaient supprimés.

Mais une aussi mince difficulté n'était pas capable d'arrêter un homme tel que Hurmack.

Il demanda tranquillement un ticket pour Choisy-le-Roi et pénétra à l'intérieur du hall.

Là, il attendit l'arrivée du rapide de neuf heures.

Un retard assez important était annoncé... Il lui fallut bien en prendre son parti.

Enfin, à neuf heures et demie, le train de Bordeaux était annoncé et, peu après, entrait en gare.

Debout sur le quai, au milieu des voyageurs affairés, Hurmack, dissimulant son visage, guettait la descente des wagons de première classe.

Tout à coup, il poussa une exclamation étouffée, et se rapprocha du train.

Georges Noirville se dressait sur le marche-pied et descendait d'un pas alerte.

Une minute, il demeura sur le quai, regardant autour de lui, semblant très surpris de voir que personne n'était venu à sa rencontre.

Sous les bords de son feutre rabattu, Hurmack ne le quittait pas des yeux.

Il vit enfin le jeune homme se décider, et se diriger vers la sortie, lentement.

Il le suivit d'assez près, réglant son allure sur celle du jeune officier.

Celui-ci sortit de la gare, toujours suivi de Hurmack.

Dans la cour, il prit un taxi, et Hurmack l'entendit, distinctement indiquer :

— Rue Laffitte !

Sans perdre de temps, il prit un autre taxi et ordonna au chauffeur à voix basse :

— Suivez !

D'un geste impérieux, il avait désigné la voiture dans laquelle venait de monter Noirville.

Les deux autos partirent, à très courte distance l'une de l'autre.

On ne tarda pas à arriver place de la Bastille, à l'entrée des grands boulevards.

Hurmack, alors, se leva, passa la tête hors de la portière, et le dialogue suivant s'engagea :

— Chauffeur ?

— Patron ?

— Vous suivez bien ?

— Je comprends !

— Il y a cent sous pour vous.

— Bon !

— Et si vous faites ce que je vous dis, il y aura cent francs.

— Dites voir.

— Voici... Il faut rattraper ce taxi.

— Facile.

— Et lui entrer dedans...

— Oh ! oh !...

— De façon à amocher sérieusement le client qu'il transporte...

— C'est tout ?

— Oui...

— Eh bien, patron, vous ne m'avez pas regardé.

— Hein ?

— Si vous croyez que je vais risquer ce coup-là pour vos cinq malheureux louis !...

— Combien voulez-vous ? Le double ?

— Non...

— Le triple ?

— Non...

— Combien alors ?... Voyons, dépêchons-nous.

— Mille francs, ou rien de fait ! prononça le chauffeur péremptoire.

Hurmack répondit simplement :

— Tenez, les voilà.

D'un geste brusque, il arracha un billet bleu de son portefeuille et le passa au chauffeur qui l'empocha.

III

Le chauffeur du bois de Vincennes

Alors, il se passa une chose extraordinaire, que n'avait point prévu Kridje Hurmack.

Au lieu de foncer sur le taxi qui le précédait, le chauffeur fit une brusque embardée à droite et doubla cette voiture, en la frôlant sans la toucher.

Puis, sans plus s'en préoccuper que si elle n'existait pas, le chauffeur continua sa route.

Mais pas pour continuer par le boulevard...

Il effectua, au contraire, un virage pour rentrer place de la Bastille, dans le sens de la circulation.

Ensuite, il tourna autour de la colonne et fila du côté du chemin de fer de Vincennes.

Tout cela en augmentant sa vitesse.

Hurmack, jusqu'à présent, ne s'apercevait de rien.

Et ce, pour une raison supérieure :

C'est que, son ordre et son billet bleu donnés au chauffeur, il avait fermé les yeux, dans l'attente du choc qui, dans sa pensée, devait pulvériser Georges Noirville.

Il les ferma longtemps ainsi, se cramponnant à la banquette, se renfonçant dans l'encoignure, croyant à tout instant entendre le craquement sinistre qui lui annoncerait la collision et se préparant à bondir hors du fiacre automobile.

Toutefois, ne voyant rien venir, il se répétait :

— C'est long !... sûrement l'autre file tellement vite que nous n'arriverons pas à le rattraper !

On allait, en effet, à une vitesse folle.

Enfin, Hurmack se décida à voir ce qui se passait.

Quand il rouvrit les yeux, il se trouvait dans un endroit inconnu, du moins au premier regard.

Tout était sombre...

Pas de lumière...

Il essuya la vitre de sa main et crut reconnaître, dans l'obscurité, les alentours de la barrière de Vincennes.

Sans s'arrêter aux injonctions des préposés de l'octroi, le chauffeur la franchit en accélérant encore.

Maintenant, il entraînait son client dans les parages déserts du bois, vers Saint-Mandé.

Où allait-on ?

Hurmack se le demanda avec terreur.

Qu'allait-on faire de lui ?

Il était fondé à tout craindre... car que pouvait-il contre cet homme qui l'emmenait, à une allure insensée, à travers la nuit, loin de Paris... loin de toutes habitations ?

Oui, à ce moment, une frayeur intense envahit l'âme de l'audacieux Hurmack.

Il voulut du moins essayer de savoir.

Baissant le vasistas dans la gaine de la portière, il se pencha et cria au chauffeur :

— Halte !

....

Pas de réponse.

— Arrêtez !

L'autre accéléra encore...

— Il devient fou ! pensa Hurmack. Impossible de résister à cette folie-là !

Alors, il songea à sauter à terre.

Mais là encore, impossible.

Se projeter au dehors à une pareille allure, c'était sûrement se rompre le cou.

— Chauffeur ! cria encore, désespérément, Kridje Hurmack dans la nuit.

Cet appel n'eut pas plus de succès que les autres.

Alors, résigné, impuissant, le fondé de pouvoirs releva la vitre e s rassit.

Ou plutôt, il retomba sur la banquette, blême de terreur, les dents s'entrechoquant

Il se sentait perdu...

Ses heures — ses minutes ! — étaient comptées.

Car, abstraction faite des projets du chauffeur dont la conduite étai si inquiétante, il apparaissait certain qu'à cette vitesse forcenée, un acci dent serait inévitable.

De terribles cahots secouaient la mauvaise voiture, des craquements violents se produisaient et, à chaque instant, Hurmack était lancé en avant, à droite ou à gauche, contre les parois du taxi.

Il avait les mains meurtries, le front en sang.

Et la course infernale continuait toujours...

Et aussi, pendant ce temps, Georges Noirville arrivait chez lui sans doute...

Catastrophe sur catastrophe !...

Cette dernière était peut-être encore la plus terrible pour Kridje Hurmack.

Affolé, ahuri, celui-ci commençait à perdre la saine notion des choses.

Enfin, l'auto ralentit...

Elle stoppa.

Le chauffeur sauta à bas de son siège et vint ouvrir rudement la portière.

— Où sommes-nous ? balbutia Hurmack.

— Dans le bois de Vincennes, répondit le chauffeur, d'une voix caverneuse.

Le fondé de pouvoirs remarqua, seulement alors, la taille gigantesque de cet homme dont la stature énorme et massive se découpait vaguement dans l'ombre.

Il répéta, interrogateur :

— Le bois de Vincennes ?

— Oui.

— Ce n'est pas cela que je vous avais commandé.

— Et puis après ?

— Je vais porter plainte contre vous.

— Tiens ! emporte d'abord celui-là ! répondit le chauffeur géant en lui assénant un formidable coup de poing en pleine figure.

Hurmack, à moitié étourdi, alla mesurer la route et buta contre un arbre.

Il appela :

— Au secours !

L'autre dit simplement :

— Encore un mot et je t'assomme tout à fait.

Effrayé, endolori, Kridje Hurmack se garda bien de renouveler son appel

Il demanda simplement, la voix geignante :

— Pourquoi me faites-vous cela ?

— Parce que cela me plaît !

— Et mes mille francs ?

— Je les garde !

— Vous les gardez ?

— Oui.

— C'est un vol !

— Possible !... Au fait, vous avez raison : oui, c'est un vol.

— Et bien ?

— Je réprouve le vol... Aussi, pour m'éviter d'en commettre un autre, vous allez me remettre — vous-même — tout l'argent que vous avez sur vous.

— Hein ?

— Parfaitement.

— Jamais !

— Tout de suite !

Et, se penchant sur Hurmack, le terrible chauffeur répéta, menaçant

— Tout de suite, si vous tenez à votre peau !

Au sens sinistre de ces paroles, le fondé de pouvoirs de M. Noirville frissonna.

…il regarda, les yeux agrandis d'épouvante, cet homme qui se penchait sur lui.

Mais la nuit était trop noire.

Il ne put distinguer ses traits.

Jamais il ne pourrait reconnaître son bourreau d'une heure. Et cette pensée l'exaspérait.

— Allons ! fit l'homme d'une voix impérieuse.

Comme le geste attendu tardait, il le saisit à la gorge d'une main — une seule — et commença à serrer.

Pris dans cette poigne inexorable, dans cet étau, Hurmack' commençait à ne plus pouvoir respirer.

La main l'étranglait... lentement..

Hurmack, vaincu, fit signe qu'il obéissait.

Les doigts se desserrèrent.

Il respira...

Et, comprenant que toute velléité de résistance était inutile, il prit dans sa poche son portefeuille pour le passer au terrible chauffeur.

Celui-ci le fit disparaître dans sa vareuse.

Puis, sans ajouter un mot, il remonta sur son siège et remit en marche sa voiture, dont le moteur n'avait pas été arrêté durant cette courte scène.

Le taxi fut bientôt loin.

Hurmack demeura seul dans la nuit, dans le silence, au bord de la route, au milieu du bois désert.

De ci, de là, des coups de sifflet d'apaches fusaient.

C'étaient les rendez-vous équivoques, les appels au crime et aux guet-apens.

Hurmack frissonna de peur et rassembla ses forces pour fuir ces lieux maudits.

Mais, quand il voulut se lever, il retomba, étouffant une plainte douloureuse.

Dans sa rude chute, il s'était fait une entorse qui allait l'immobiliser là jusqu'au jour...

IV

Le Retour

Pendant ce temps, dans la nuit triste, sans lumière et sans circulation, sans l'animation joyeuse d'autrefois, du Paris de la guerre, le taxi de Georges Noirville s'engageait dans la rue Laffitte.

Bientôt, il s'arrêtait devant la banque sans que le chauffeur, ni le client, pussent se douter du péril auquel ils venaient d'échapper.

Georges sauta hors de la voiture, paya généreusement le conducteur et vint sonner à la porte monumentale surmontant le perron.

La note grave du timbre d'entrée retentit dans le vestibule.

Comme le cœur de Georges Noirville tressaillit en l'entendant de nouveau !

Ce son bien connu, c'était comme la bienvenue des autres notes et sensations familières.

C'était l'annonce du retour au foyer.

Très ému de se retrouver ici au seuil du logis aimé, Georges attendit.

Un assez long moment s'écoula.

Puis, un pas s'entendit dans le vestibule...

Un pas claudicant que Georges Noirville connaissait bien aussi. Celui du vieux portier Benoît, un vétéran de l'autre guerre, celle de 1870, qui était dans la maison depuis plus d'un quart de siècle.

Le pas se rapprocha...

Un déclic de verrou...

Le lourd vantail s'ouvrit...

Un faisceau de lumière éblouit l'arrivant

C'était Benoît qui portait sur lui le rayon d'une lampe électrique de poche.

La lumière s'éteignit brusquement, comme si l'émotion paralysait les doigts du vieillard.

Il recula en poussant un cri rauque :

— Oh !

— Qu'y a-t-il donc, mon bon Benoît ? fit le jeune homme en s'avançant.

L'autre reculait toujours, comme devant une apparition du monde des morts.

Ce fut alors au tour de l'arrivant de braquer sur lui le rayon de sa lampe.

Le portier avait l'air positivement effrayé.

Il apparaissait pâle, les yeux dilatés par la surprise, par la stupeur.

— Eh bien ! qu'as-tu, mon vieux Benoît ? demanda le jeune homme.

Le vieillard ne répondit pas.

Georges insista :

— On dirait que je te fais peur ?

A ce mot, les esprits de Benoît parurent se ranimer un peu.

— Peur ? dit-il...

— Est-ce que tu me prendrais pour un revenant, par hasard ? poursuivit le jeune homme. Rassure-toi... Je suis vivant, bien vivant... C'est moi Georges Noirville, en chair et en os.

Peu à peu, le vieux serviteur se remettait de sa tragique surprise.

— Oui... dit-il enfin... Je vous reconnais, je reconnais votre voix... C'est bien vous Monsieur Georges.

— Ah ! ce n'est pas malheureux !...

— On vous a cru mort

— Je m'en doute bien, pardieu ! et c'est ce qui m'explique ton attitude.

Respectueusement, presque en tremblant encore, le vieux serviteur saisit les mains de son jeune maître et les pressa avec effusion.

— Voyons, dit Georges..., tout le monde dort à la maison, je suppose ?

— Oui..., sauf sans doute M. Noirville, qui veille très tard chaque nuit... Il ne peut plus dormir, depuis...

Je vais le voir...

— Mais comme cela... tout de suite..., et sans lui annoncer...?

— Tu as raison. Précède-moi et prépare mon père à la nouvelle.

Ainsi fut fait.

Une minute après, Georges et son père tombaient dans les bras l'un de l'autre.

M. Noirville avait bravement supporté le choc de l'émotion.

Aussitôt, questions et réponses s'échangèrent

— Toi ! toi ! répétait le père, ravi... Toi que nous avons cru perdu à jamais pour nous... Ah ! que je te regarde encore pour être sûr que je ne me trompe pas..., que je ne suis pas le jouet d'un rêve... A présent, tu vas m'expliquer comment.

— Plus tard, mon père... Tout à l'heure, si tu le veux. Mais d'abord, que je sache comment va ma chère Colette.

— Ta sœur est en bonne santé... Comme elle va être heureuse ! Sa tristesse me faisait mal.

Il y eut un bref silence.

— Tu ne me demandes pas de nouvelles de Christiane Morvilliers ?

— J'allais le faire, répondit le jeune homme avec un certain embarras.

— Eh bien, Colette te parlera d'elle.

Georges Noirville était devenu pensif.

L'image de Micaëla s'interposait entre lui et le souvenir de Christiane. Mais il chassa ces idées, ces comparaisons, pour s'informer soudain :

— Et Hurmack ?

— Hurmack ?

— Oui !

— Tu me demandes cela sur un ton de rage féroce, mon fils !... Je sais bien que tu avais des dissentiments avec Kredje..., mais il va devenir ton beau-frère... et alors il faudra...

Georges, d'un geste tranchant, interrompit son père et affirma, péremptoire :

— Hurmack n'épousera pas Colette.

— Hein ?

— Il ne peut l'épouser.

— Pourquoi ?

— Parce que Hurmack est un assassin !

— Que dis-tu ?

— On n'épouse pas la sœur quand on a essayé de tuer le frère !

— Pour l'amour de Dieu, explique-toi ! objurgua M. Noirville, assommé d'étonnement

— C'est facile, et tu vas comprendre, père.

En quelques mots rapides et précis, Georges raconta le drame du Pas
de-Calais.

Le banquier ne pouvait en croire ses oreilles.

Et cependant, c'était la vérité...

Georges ne mentait pas...

Et aussi, M. Noirville se souvenait nettement que Hurmack s'était ab
senté le soir où Georges était parti rejoindre en mer pour sa mission.

Il n'était revenu que fort tard dans la matinée du lendemain.

Où était-il allé ? qu'avait-il fait pendant cette nuit d'absence ?

Georges venait de le dire à son père angoissé par cette révélation

Mais la stupéfaction et l'émotion du banquier atteignirent leur comble
quand, résolument, Georges Noirville ajouta :

— Kridje Hurmack n'est pas seulement un assassin ; c'est un espion
allemand.

Affirmation dont le jeune homme énuméra aussitôt les preuves.

Devant cette accumulation d'étrangetés redoutables, le père de Geor
ges sentait sa raison chanceler

Il voulut sortir, séance tenante, de cette perplexité trop cruelle.

— Il faut voir Hurmack, déclara-t-il.

Georges acquiesça.

— Oui, et sur le champ !... J'ai hâte de confondre ce misérable aven
turier.

— Moi, de l'entendre...

— Moi de le livrer à la justice.

— Allons !

D'un pas rapide, tous deux montèrent au second étage, où se trouvait
l'appartement du Hollandais.

Ils frappèrent à la porte.

Rien ne répondit.

Ils frappèrent encore.

Même silence

Alors, Georges se décida à essayer d'entrer.

Il tourna l'olive de la porte.

Celle-ci n'était pas fermée à clef.

La porte vira sur sa charnière.

On entra...

O surprise ! L'appartement de Kredje Hurmack était vide ; le lit n'était
pas défait...

V

Le Réveil de Colette

Le lendemain matin, de fort bonne heure, Georges pénétrait doucement
dans la chambre de Colette.

Il avait frappé discrètement à la porte.

Nulle voix n'avait répondu.

— Elle dort encore, dit le banquier qui accompagnait son fils.

— Et ce n'est pas étonnant : il fait à peine jour.

— Nous entrons ?

— Mais oui, père...

— Quelle joie pour elle d'être réveillée ainsi !

— Sûrement, elle ne s'y attend pas...

— Non.. pas plus que je ne m'attendais moi-même à te voir tout à
coup, cette nuit, te dresser devant moi, mon cher enfant.

— Chère père !... fit le jeune homme en embrassant le vieillard avec
tendresse.

— Comme on s'habitue vite au bonheur !... Toutes mes peines sont
oubliées, mes chagrins s'effacent, mes détresses s'évanouissent... Il me
semble que tu ne m'as jamais quitté, mon bon Georges.

Tout en parlant ainsi, à voix assourdie, le banquier ouvrait la porte.

Tous deux entrèrent.

— Parlons bas..., ne faisons pas de bruit, recommanda M. Noirville

Ils avancèrent, sur la pointe du pied, jusque vers le milieu de la
chambre.

Cette chambre, persiennes closes et rideaux tirés, s'ouatait d'une ombre douce.

C'était un coin charmant, meublé richement et orné avec goût.

Nid adorable pour l'adorable oiselle qu'il abritait.

Dans son grand lit de milieu, Colette reposait doucement, sereinement.

Sa tête, ennuagée dans les dentelles fines de l'oreiller, avait une délicieuse expression de calme.

Dormant ainsi, avec abandon, Colette Noirville était bien jolie...

Son bras, gracieusement arrondi, contenait sa tête en un geste ravissant.

L'autre bras, mollement étendu, s'allongeait près d'un livre que les doigts fuselés avaient abandonné à la minute du sommeil.

Ce livre, c'était Graziella...

Le sublime et délicat poème de Lamartine...

Il était entr'ouvert encore à la page laissée ; et ces vers frappèrent les yeux de Georges, à la lumière plus forte qui entrait dans le home par la fenêtre dont M. Noirville venait d'écarter les rideaux roses :

Sur la plage sonore où la mer de Sorrente
Déroule ses flots bleus aux pieds de l'oranger...

Vers qui évoquèrent aussitôt dans l'esprit de Georges le panorama de Las Palmas...

Le décor magique animé par la grâce légère de Micaëla...

Mais cette impression ne fut que fugitive.

Déjà Colette, avertie par la lumière, s'agitait un peu sur sa couche.

C'était le prélude du réveil.

Avant qu'elle reprît pleine conscience d'elle-même, Georges s'approcha du lit au baldaquin rose comme les rideaux, rose comme les tentures.

Il se pencha et déposa un baiser sur le front de sa sœur encore à peine endormie.

Elle tressaillit, étendit sa main qui rencontra l'épaule de Georges.

Ce contact provoqua le réveil.

Colette ouvrit les yeux...

Mais elle les referma aussitôt, comme pour garder et enfermer sous leurs paupières l'image chérie qu'ils venaient d'entrevoir.

Micaëla le désire...! (p. 20).

Une seconde... et elle les rouvrit, regardant cette fois avec une expression incrédule.

— Georges ! s'écria-t-elle à la fin

— Colette !...

Elle n'en pouvait croire ce qu'elle voyait ; mais son père était là aussi, qui s'inclinait vers elle avec un sourire de bonheur.

La jeune fille tendit les bras, les ouvrit au père, au frère qu'elle serra sur son cœur, dans une douce étreinte, avec des larmes de joie.

— Georges ! balbutia-t-elle... mon frère chéri... tu n'étais donc pas mort ?...

— Apparemment, puisque je suis là... Mais j'ai bien failli l'être et pour tout de bon !

— Oh ! par quel miracle ?...

— Je te raconterai tout.

— Mais encore...

— Plus tard, te dis-je... tu sauras, ma bonne petite Colette. Laisse-moi d'abord le temps de t'embrasser...

De nouveaux baisers furent échangés encore.

— Et moi qui avais pris le deuil ! se reprocha tout à coup Colette. Pardonne-moi, frère... pardonne-moi !...

Il eut un franc éclat de rire, — le premier depuis la série de ses malheurs.

— Tu en seras quitte pour donner tes voiles et vêtements noirs à quelque pauvre veuve... J'entends t'offrir un superbe costume pour marquer ma résurrection.

On rit encore, heureux.

Ah ! quelle joie, quel renouveau de gaieté dans ce logis si triste encore la veille !...

Mais soudain, le front de Colette se rembrunit.

Elle venait de penser à Kridje Hurmack, à l'indésirable fiancé...

Et un gros soupir monta de son cœur à ses lèvres...

VI

Démasqué !

Georges Noitville s'en aperçut.

Il dit :

— Petite sœur, tu as encore du chagrin...

Des larmes furent sa seule réponse.

Le jeune officier essuya pieusement ces pleurs, muets témoignage d'une grave blessure morale... d'un désenchantement profond.

Puis il reprit :

— Je sais ce qui cause ta peine.

— Tu le sais ?

— Certes !... ton prochain mariage...

Colette cacha son visage de ses deux mains.

— Tu vois, père ! dit simplement — mais presque sévèrement George au banquier.

Celui-ci baissa le front.

Il comprenait maintenant toute l'étendue du sacrifice qu'il avait imposé à sa fille... Il comprenait la douleur, la lassitude qui emplissaient son cœur déchiré.

Et il s'adressait à lui-même un mérité et sincère reproche.

— Ah ! s'écria Georges pour mettre fin à cette scène pénible, il était temps que je revienne ! Quelques jours encore, et il eût été trop tard !...

Puis, se penchant affectueusement vers la jeune fille qui gardait le silence des résignés, mais commençait à espérer vaguement quelque chose en entendant ces paroles :

— Rassure-toi, petite sœur, ton calvaire est fini... Tu ne le graviras plus !

— Comment ? que veux-tu dire ?

— Ceci : tu ne seras pas la femme de Hurmack.

— Mon Dieu ! si c'était vrai !...

— C'est la vérité, je te le jure... Me crois-tu maintenant, petite sœur aimée ?

Elle fit oui de la tête, un peu perdue, désemparée par ces émotions successives.

— Ecoute, reprit Georges avec gravité... Cet homme est indigne de toi. J'en ai la conviction, j'en ai la preuve... Hurmack est un espion à la solde de l'Allemagne... et il a tenté de m'assassiner.

— Ciel ! fit Colette en joignant les mains dans un mouvement de répulsion et d'effroi.

— Ne tremble pas... Je suis là. A présent que j'ai démasqué ce bandit, ce traître, je me charge d'en faire justice !

— Qu'on l'arrête ! fit Colette, retrouvant son énergie et galvanisée par le danger couru.

— Tu te doutes que j'y ai songé avant que tu me le suggères... mais Hurmack a disparu...

— Il n'est pas chez lui ?

— Il n'y était pas cette nuit, à mon retour. Tout à l'heure, il n'y était pas davantage... Il doit être occupé à ses louches intrigues et compte rentrer ce matin, en tapinois... S'il en est ainsi, Kridje Hurmack ne sortira de cette maison que les menottes aux poignets.

Colette avait dissipé l'abasourdissement récent. Les paroles de son frère lui étaient un baume revivifiant, comme sa présence.

Elle se sentait libérée...

L'atroce cauchemar qui dominait sa vie s'enfuyait loin, bien loin...

Quel affranchissement !

Son âme s'épanouissait, victorieuse.

VII

Où l'on voit reparaître John Buttley

Kridje Hurmack ne rentra pas de la matinée, comme le lecteur s'en doute.

On se perdait en conjectures, à la maison de banque de la rue Laffitte.

Pourtant, le premier soin de Georges Noirville avait été d'aller faire sa déclaration au commissariat de police du quartier.

Ensuite, il s'était rendu au Ministère de la Guerre, se faire porter rentrant et se mettre à la disposition de ses chefs.

Rue Saint-Dominique comme au bureau de police du neuvième arrondissement, on enregistra sa déposition.

Simultanément, la justice civile et la justice militaire ordonnèrent des recherches immédiates et minutieuses pour retrouver le faux Hollandais.

Georges Noirville alla enfin à la direction de l'aviation pour offrir ses services.

Il s'était beaucoup occupé d'aviation dans la vie civile, avant la guerre. Passionné pour le nouveau sport, ami de Latham et des frères Wright, il avait piloté lui-même et était en passe de devenir un des maîtres du volant.

Maintenant, il désirait mettre cette science et cette expérience au service de son pays.

Enflammé par l'exemple des Guynemer et des Nungesser, il aspirait, lui aussi, à devenir un de nos as.

Noble ambition qu'il entendait réaliser au plus vite.

Sa demande fut favorablement accueillie en principe. Le directeur de l'aviation lui laissa espérer une solution très proche.

Heureux, Georges Noirville fut de retour, rue Laffitte, vers midi.

Un pneumatique l'y attendait.

Le jeune homme fut frappé de l'écriture grossière et malhabile de l'adresse.

Quelle était cette main maladroite qui lui envoyait ce pli urgent ?

Il brisa l'enveloppe avec une certaine impatience ; et voici ce qu'il lut :

« Monsieur Georges,

« C'est moi, John Buttley, qui vous écris, de Paris que je quitte en « vous envoyant cette lettre.

« J'ai eu des raisons de partir de Las Palmas après vous avoir tiré d'affaire.

« J'étais ici, comme chauffeur de taxi, dans une maison dont le direc- « teur, anglais, m'a reçu comme compatriote.

« Or, voici ce qui m'est arrivé hier soir :

« J'étais en attente à la gare de Lyon.

« Je vous ai vu arriver, monsieur Georges, et tout content j'allais vous « offrir mes services.

« Je n'en ai pas eu le temps ; vous aviez déjà pris un autre chauffeur.

« Moi, j'ai été retenu par un client qui m'a ordonné de vous suivre et « voulait que je vous fasse un mauvais coup.

« C'est à lui que je l'ai fait.

« J'ai entraîné cette canaille au bois de Vincennes, je l'ai dépouillé et
« à moitié assommé.

« Voilà comme je suis, moi, John Buttley.
« On pourra retrouver le client dans le bois ; il n'a pas dû aller loin.
« Avec son argent, je file au Havre pour passer en Angleterre.
« *All right !* monsieur Georges, et bonne chance !
« Vivent la France et l'Angleterre !
« A bas l'Allemagne !
« Je réglerai aussi son compte à Ferruchs, autre gredin.
« Votre dévoué,

« *John Buttley.* »

Cette étrange missive fit plus de plaisir à Georges qu'une citation à l'ordre de l'armée.

Il y avait donc une immanente justice !

Le jeune homme déjeuna rapidement et s'en fut au commissariat de police.

Jusqu'ici, Hurmack demeurait introuvable. Mais, grâce aux indications de John Buttley, on ne tarda pas à le découvrir, l'après-midi, dans une maison de garde où on l'avait recueilli le matin.

Kridje avait supplié le garde de n'avertir personne et, avec quelque argent qui lui restait dans sa bourse, s'était fait donner les soins d'un rebouteur voisin.

Une voiture stationnait à la porte, et il allait partir quand survinrent les agents qui l'arrêtèrent... pour le conduire non pas rue Laffitte, mais au Dépôt

VIII

L'adieu au passé

Jusqu'à présent, on n'avait pas prononcé devant Georges le nom de Christiane Murvilliers.

Et lui, de son côté, ne s'enquérait pas d'elle.

C'est qu'il avait le cœur empli du doux souvenir de Micaëla de Villafranca.

Colette hésitait à apprendre à son frère l'entrée de Christiane en religion ; et, le voyant si peu empressé à parler d'elle, elle retardait de jour en jour la confidence qu'elle s'était promise de lui faire, qu'il fallait qu'elle lui fît, car elle savait qu'il y avait eu entre les deux jeunes gens des paroles d'amour.

Sans être fiancés au sens officiel du mot, ils étaient liés par une promesse.

Christiane avait adoré Georges.

Georges semblait aimer Christiane.

Avait-il donc l'intuition que la jeune fille était morte pour le monde, morte pour lui, puisqu'il ne prononçait plus jamais son nom ?

Ce silence plus qu'étrange cachait évidemment quelque chose. En tous les cas, il prolongeait une situation ambiguë qui ne pouvait convenir à la nature franche de Colette Noirville.

Le soir même de l'arrestation de Kridje Hurmack, elle dit à brûle-pourpoint :

— Frère, tu ne m'as pas encore parlé de ton amie Christiane... Pourquoi ?

Georges pâlit et ne répondit rien.

Elle réitéra sa question.

— Pourquoi ? répéta-t-il alors après un silence contraint... C'est que Christiane, aujourd'hui, m'intéresse moins qu'autrefois.

Avec quelle nuance d'embarras n'avait-il pas proféré cette réponse !...

— Ah ! tant mieux ! dit simplement Colette.

Et comme Georges dirigeait sur elle un regard ingénieusement interrogateur :

— Christiane est entrée en religion.

— Est-ce possible ?

— Oui...

— Elle si jeune et si belle... Pourquoi ce sacrifice, cet ensevelissement.

— Christiane t'a cru mort, prononça gravement Colette ; elle n'a pas voulu té suivre dans le monde profane. Voilà pourquoi elle ceindra le bandeau des Clarisses... Elle a renoncé à tout : à la fortune, à la jeunesse, à la vie... et cela, elle l'a fait pour toi Tu vois comme elle t'aimait ...

— Pauvre Christiane ! murmura Georges avec émotion. Elle m'aimait... oui... mais moi je ne l'aimais plus... Peut-être suis-je pour cela un grand coupable ; mais est-on responsable des impulsions de son cœur ?

— Peut-être...

— Non, ne me dis pas cela ! Ce serait trop cruel... Ah ! je le vois bien maintenant, Christiane est un être d'élite, digne de toutes les admirations, de toutes les estimes ; mais que pèsent ces sentiments-là lorsque l'amour commande ?

Colette jeta à son frère un regard navré.

Elle n'avait rien à lui reprocher, certes ; chacun est libre de son cœur quand les serments solennels ne sont pas prononcés encore ; mais ce qui la désolait, c'était de penser qu'une telle compagne était perdue pour Georges.

— Elle reprit :

— Lorsque l'amour commande, dis-tu... Peux-tu me dire quel est cet amour ?

Le lieutenant, sans répondre, sortit un portefeuille et y prit une photographie qu'il montra à sa sœur.

— Regarde, dit-il alors... et vois si elle en est digne...

Colette ne pût retenir un cri d'admiration.

Elle ne pouvait détacher ses yeux de la beauté sereine de Micaëla.

— Comme elle est belle !... murmura-t-elle enfin.

— N'est-ce pas ? fit Georges, enthousiasmé de l'enthousiasme de sa sœur... Mais que diras-tu alors, lorsque tu la verras ?

— Je dois la voir ?

— Bientôt.

— Qui est cette jeune fille ?

— Dona Micaëla de Villafranca, fille de don Romano, gouverneur des Iles Canaries.. Je l'ai connue à Las Palmas ; elle m'a ranimé, sauvé, ramené à l'existence ; je lui dois la vie, l'espérance, la force de vivre, je lui dois tout !... Si tu es heureuse de m'avoir revu, Colette, c'est à Micaëla que tu le dois.

— Comme tu l'aimes ! fit Colette, émue de cette ardente phrase d'amour.

— Oui, car elle en est digne

— A présent donc, Christiane est morte pour toi...

— La fatalité nous a séparés. La fatalité a mis une autre femme sur ma route. La fatalité n'a pas permis que nous soyons unis... Du reste, ajouta Georges avec amertume, elle ne m'attendait plus, c'est qu'elle n'avait plus foi en notre avenir commun.

— C'est vrai, fit tristement Colette. Elle portait comme moi ton deuil... Elle ne saura jamais, il ne faut pas qu'elle sache.... Elle le portera toujours dans son cœur.

IX

Georges et Micaëla

Une grande joie était réservée, la semaine suivante, à Georges Noirville.

Dans son courrier du matin, une grande enveloppe de coupe aristocratique attira tout de suite son attention.

Avez-vous remarqué le pouvoir attirant de certaines lettres ?

Georges prit celle-ci la première entre toutes les autres.

Elle portait le timbre postal de Las Palmas.

L'écriture de la suscription était forte, large, bien posée. Un graphologue y aurait discerné : volonté, distinction, goût et pratique des honneurs.

D'une main impatiente, le frère de Colette décacheta l'enveloppe.

Elle contenait une lettre de don Romano de Villafranca.

Le gouverneur des Iles Canaries, en termes affectueux et courtois, s'enquérait de la santé de Georges et lui annonçait son départ imm. ent pour la France et son arrivée prochaine à Paris.

Il serait accompagné dans ce voyage, par sa fille Micaëla.

Le cœur du jeune homme bondit de joie à cette nouvelle, d'autant plus que don Romano, en indiquant l'hôtel où il comptait descendre, annonçait sa visite rue Laffitte.

Georges s'empressa de porter la bonne nouvelle à son père et à sa sœur.

Micaëla !

Il allait revoir Micaëla.

D'avance, il en éprouvait le bonheur le plus suave.

Comme il serait fier de la présenter à M. Noirville et à Colette !...

Il ne pouvait croire à son bonheur.

Pauvre Georges ! Après avoir tant souffert : allait-il enfin connaître la joie des élus ?

Il donna aussitôt l'ordre de faire les préparatifs nécessaires, car il entendait bien que ce fût rue Laffitte, et non au Grand-Hôtel, que descendraient don Romano et sa fille.

*
**

Entre temps, il suivait l'instruction de l'affaire Hurmack, entrée maintenant dans une phase active.

Mais il fut vite accablé de témoignages formels, en premier lieu ceux de Cloarec et de Larderel, ces deux marins qu'il avait réussi à détourner de leurs devoirs à Calais.

Ces deux hommes, mis en sa présence, le reconnurent et l'accusèrent.

Dès lors, le misérable n'osa plus nier.

La terrible inquisition dirigée contre lui par Georges se précisait et se consolidait.

Il fut bientôt convaincu de tentative d'assassinat avec préméditation.

A ce chef d'accusation vint s'ajouter celui d'avoir détourné, au profit d'une puissance étrangère, des documents d'ordre militaire et diplomatique.

Accusation qui rendait Kridje Hurmack justiciable du conseil de guerre.

Accusation justifiée d'ailleurs, car Hurmack, pressé de questions, dût avouer qu'il avait tenté d'assassiner le lieutenant Noirville pour s'emparer du pli officiel à destination de l'Amérique, objet de sa mission.

Enfin, on avait fouillé dans le passé, désormais suspect, de Kridje Hurmack.

Une enquête habilement menée, prouva que le soi-disant Hollandais était un Boche authentique et qu'il s'était déjà livré à des opérations d'espionnage sur le territoire français.

C'était dix fois plus qu'il n'en fallait pour envoyer le misérable au poteau d'exécution.

Quelle revanche pour Georges !

Mais aussi, quel abîme avait côtoyé Colette !

En attendant que le fondé de pouvoirs reçût dans la peau les balles qui lui étaient bien dues, Georges travaillait à se rendre utile à la patrie.

Admis dans le corps de l'aviation, il s'entraînait chaque jour sur un appareil d'un nouveau modèle.

Bientôt, il serait affecté à une escadrille du front et, monté sur son rapide avion de chasse, s'appliquerait à tuer du Boche.

Sur ces entrefaites, don Romano de Villafranca et sa fille étaient arrivés à Paris.

Le charme exquis de Micaëla lui rallia bien vite les sympathies de M. Noirville et de Colette.

Au premier coup d'œil échangé, Georges comprit que Micaëla l'aimait toujours.

Don Romano venait dans la capitale, chargé d'une mission d'achats pour le compte du gouvernement portugais.

Il eut occasion, dans cette affaire importante et délicate, de recourir aux lumières de M. Noirville et au crédit de sa banque.

Le financier et le gouverneur eurent, à cette occasion, de nombreuses conférences, de nombreux entretiens.

Il fallut aller ensemble dans plusieurs ministères et grands établissements

Pendant ce temps, Georges et Colette sortaient avec Micaëla, lui montrant les merveilles de Paris.

Charmantes promenades, un peu attristées par le crêpe des événements ambiants ; mais délicieuses quand même pour ces trois jeunes êtres qui s'entendaient si parfaitement.

Micaëla avait fait la conquête absolue de Mlle Noirville. Elles se traitaient entre elles comme deux sœurs.

Deux sœurs qu'elles seraient certainement après la guerre, car, un beau soir, après une journée de dimanche passée à visiter les belles églises de la capitale, M. Noirville se leva gravement et, s'adressant à don Romano :

— Excellence, dit-il, j'ai l'honneur de vous demander la main de dona Micaëla, votre fille, pour mon fils, le lieutenant-aviateur Roger Noirville.

— Mon cher ami, répondit le gouverneur, je veux laisser à ma fille le soin de répondre !

Micaëla se leva à son tour et, traversant le grand salon tout étincelant de lumière, elle alla mettre ses deux mains dans celles de Georges...

Ah ! le joli, l'émouvant symbole que l'union de ces mains jeunes et loyales !...

M. Noirville et don Romano de Villafranca regardaient, souriants, cette scène gracieuse qui leur rappelait leur jeunesse, hélas ! déjà lointaine.

Georges et Micaëla se murmuraient de doux aveux de fidélité et d'amour...

Seule, Colette, tout en ressentant une joie profonde, — car elle adorait son frère et Micaëla — gardait au fond des yeux une imperceptible nuance de tristesse...

Elle songeait à Christiane Morvilliers, la sacrifiée, la victime, ensevelie dans son cloître...

Et elle se demandait pourquoi, trop souvent, le bonheur des uns est fait du malheur des autres ?...

X

Loin du monde

La ville d'Amiens est toute en rumeurs. Jamais la vieille cité jadis uniquement occupée de son commerce et de son industrie de velours de coton, n'a vu si belliqueux appareil.

Chaque jour, ce sont de lourds camions-automobiles qui ébranlent le sol de leur chargement d'hommes, de matériel, de munitions.

Fourragères, voitures de ravitaillement... artillerie, cavalerie, tout cela défile, encombre boulevards, rues et places. Le joli parc de la Hotoie et le faubourg de Montières sont piétinés par les autos.

Uniformes français et anglais — voire même des portugais, émaillent les rues de leurs couleurs, les éclairent de leurs ors.

Pioupious et tommies fraternisent.

L'offensive de la Somme est commencée.

Au loin, vers Péronne et vers Albert, la grosse voix du canon tonne, inlassablement.

Dans la ville, c'est le bruit de la guerre

C'est aussi l'état de siège.

La cathédrale a caché ses admirables sculptures, sous un amas de sacs de terre ; les merveilleuses stalles du chœur, fouillées comme une dentelle de bois, sont entièrement dissimulées.

On a mis à l'abri, tant qu'on a pu, les trésors artistiques qu'ont laissé à la ville la foi et les siècles

C'est qu'on redoute journellement quelque incursion des avions allemands, dont les bombes aveugles détruisent ce que leurs canons ne peuvent atteindre.

Le soir, la ville est sombre et noire. Toute lumière doit s'effacer

Souvent les boches tentent l'expédition ; mais nos défenseurs veillent : avions de chasse et canons forcent les pirates à rebrousser chemin.

Trop souvent, hélas ! ils ont réussi à surprendre notre vigilance relâchée, et du haut du ciel clair, leurs monstrueux engins ont lancé la mort.

Des victimes : des femmes, des enfants, des vieillards.

Des dégâts : maisons démolies, vitres brisées.
Mais rien n'arrête la vie de la Cité.
Rien ne diminue sa confiance.
Pour éviter que des vies humaines soient sacrifiées de nouveau, on prendra des précautions : à la première alerte, son du beffroi, cri de la sirène ou coup de canon avertisseur, chacun descend dans les caves.
C'est l'ordre, c'est la prudence.
Et tous se soumettent sans un murmure.
A quoi donc ne se soumet pas l'admirable peuple français, pendant cette guerre où il étonne le monde tant par l'héroïsme de ses poilus, que par la sagesse et l'endurance des civils ?
Ce soir-là, deux ombres se hâtent dans la rue des Trois-Cailloux, si peu éclairée, que l'on a peine à se diriger. Il n'est pourtant pas encore cinq heures. Mais les journées de décembre sont courtes, et dans toutes les mai-

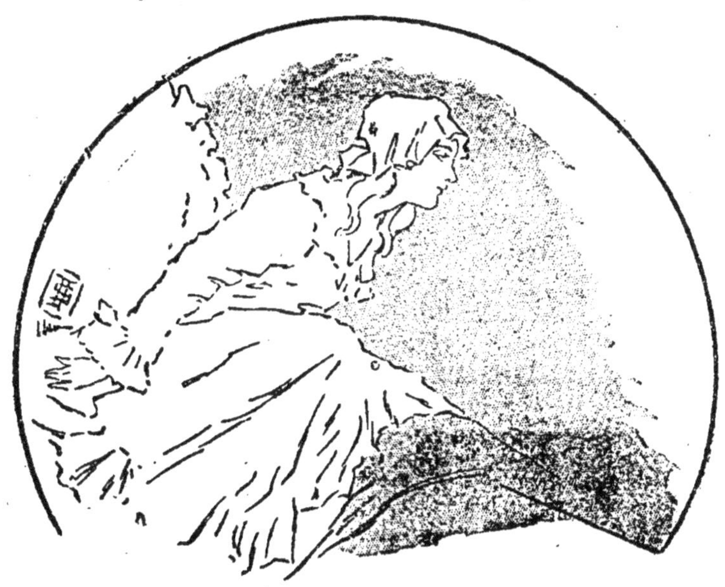

Cotelle ouvrit les yeux... (page 36).

sons, les rideaux sont tirés sur les lampes de famille, dans tous les magasins, les lumières se tamisent de voiles épais.
Au coin de la place René-Goblet, au rapide passage des phares d'une auto d'officiers anglais, on distingue mieux, ces deux femmes. Elles s'enveloppent de longues pèlerines brunes ; leur tête est couverte d'un voile noir, et elles portent au bras un panier de provisions.
— Dépêchons, sœur François, nous allons être en retard pour le salut.
— Oui, sœur Josèphe. Je vous suis.
Elles doublent le pas en tournant la rue Lamartine, très obscure, et s'arrêtent bientôt devant le lourd portail du Couvent des Clarisses.
Ce sont en effet, deux religieuses converses de l'ordre, qui viennent de faire les quêtes quotidiennes pour l'entretien de la Communauté.
Car ces femmes qui, pour beaucoup, ont connu les douceurs de la vie confortable, élégante, raffinée même, ont renoncé à tout... ont donné tout.
Elles ne possèdent plus rien...
Elles vivent d'aumônes, de mortifications et de pénitence.
Pénitence ? Quelles fautes ont-elles pu commettre ?
Aucune.
Elles font pénitence pour les fautes d'autrui.
Elles prient pour ceux qui ne prient plus...
Elles cherchent la souffrance imméritée, pour ceux qui ne *veulent pas* accepter la Loi de douleur.
On les appelle « les rêveuses », les « inutiles »... leur ordre ne remplit

une ionction agissante ni immédiatement avantageuse pour l'humanité.

Mais qui sait ce qui se passe dans l'invisible ? dans le domaine des âmes... dans ce commerce immatériel des esprits avec la Divinité ?

Les deux religieuses sont entrées par le grand vantail, lourd comme une porte de prison ; elles ont eu à peine le temps de se décharger de leurs fardiers, qu'une cloche tinte lentement.

C'est l'office du soir, le salut.

Dans la chapelle où déjà fume l'encens, une jeune novice prépare l'autel, allume les cierges, étend les nappes.

Sous le camail noir et le petit bonnet blanc des novices de Sainte-Claire nous retrouvons le pur et grave visage de Christiane Morvilliers, son corps harmonieux aux souples mouvements.

Les préparatifs qui lui sont confiés, sont terminés. La jeune novice vient s'agenouiller à côté de sœur Françoise et de sœur Josèphe, les deux quêteuses, et de deux autres qui alternent avec elles pour les services de cuisine et les rapports avec le dehors.

La chapelle est publique. De braves femmes du quartier viennent chaque soir y prier pour leurs soldats au front... ou pour leurs morts.

L'office est commencé.

Derrière l'autel l'immense grillage de bois sépare, l'officiant et le public, des religieuses cloîtrées.

Elles sont là une trentaine, victimes innocentes, qui, depuis des années ne voient personne, ne parlent à personne... sont mortes au monde... et vivent d'une vie mystique, incompréhensible aux profanes

On ne les voit pas, mais on les devine derrière la grille, ces ombres pâles enfouies sous la bure ; on entend à peine les pas glissants de leurs pieds nus dans les sandales. On dirait un effleurement du sol, tant elles touchent peu à la terre.

Ces sombres silhouettes aux mains jointes, aux voix psalmodiantes, ce sont des femmes que la Foi ou la Douleur ont faites des martyres volontaires.

Tout à coup, elles chantent...

Un chœur s'élève, si pur, si haut, de tonalités si lointaines, qu'on dirait qu'elles touchent au ciel.

Et ce chant est une si ardente prière, une si intense supplication, qu'il vous émeut jusqu'au fond de l'âme.

Elles chantent... elles qui ne parlent jamais !...

Elles chantent... et on pleure.

Pleure-t-on sur elles ?

Elles semblent pourtant heureuses de leurs sacrifices.

Pleure-t-on sur soi ? Peut-être.

Christiane Morvilliers écoute et prie, profondément troublée par ces chants auxquels bientôt elle prendra part...

En aura-t-elle la force ? Connaîtra-t-elle ces extases !

La pauvre enfant livre de rudes combats.

Ah ! pauvre cœur humain, qui vient s'offrir à Dieu, plein encore de l'amour de Georges Noirville !

Mais Dieu qui accepte toutes les bonnes volontés, écoute sa prière, sans doute, puisque voici le calme qui revient en elle.

Et, lorsque l'office terminé, elle remonte l'escalier qui conduit à la salle de communauté, son beau visage a repris toute sa sérénité.

Elle est très maîtresse d'elle-même, lorsqu'une religieuse vient lui dire à voix basse :

— Notre mère supérieure vous demande auprès d'elle, dans sa cellule.

Christiane se rend à l'invitation.

Dans sa cellule, sœur Saint Philomène, la supérieure est à genoux sur les froides dalles, à côté de la caisse rugueuse qui lui sert de lit et fera son cercueil.

Elle prie et ne se détourne pas à l'arrivée de la novice qui attend respectueusement.

Enfin, sœur Sainte Philomène se lève :

— Ma chère enfant, dit-elle à sa jeune cousine, je suis contente de vous. Vous avez rempli les semaines de votre noviciat de façon à édifier toute la communauté. J'ai décidé d'avancer le jour de votre prise de voile...

— J'en serai heureuse, ma mère.

— Vous êtes, mon enfant, toujours fermement décidée à revêtir l'habit des Clarisses, et à consacrer votre vie entière à Dieu.

— J'y suis bien décidée, ma mère.

— Le monde ne vous laissera-t-il jamais de regrets ? Songez-y, ma fille et réfléchissez encore... Car les vœux que vous prononcerez ce jour-là sont irrévocables.

— Je le sais, ma mère... Je n'aime pas le monde, et ne le regretterai jamais.

— Oui, mais le foyer que vous auriez pu fonder... le mari... les enfants...

Une larme brilla dans les beaux yeux gris de la novice, et peut-être fit-elle faire un effort pour étouffer le sanglot qui montait à sa gorge.

Mais déjà la vaillante fille se ressaisissait, et ce fut d'une voix ferme qu'elle répondit :

— Ma mère, le mari que j'eusse aimé n'est plus. Mon cœur ne peut plus être qu'à Dieu.

— C'est bien, ma chère fille, conclut la supérieure. Nous hâterons donc un peu la cérémonie de votre prise de voile, et la célébrerons le jour de Noël. Car en ces moments troublés, la mort peut nous atteindre à chaque heure, et il faut, comme les Vierges Sages, se tenir prêts pour aller au devant de l'Epoux.

Christiane s'inclina.

— Je vais m'occuper de tous les préparatifs, reprit sœur Sainte Philomène. Puis elle ajouta en souriant :

— Allez mon enfant !...

Christiane sortit de la cellule.

XI

Les ailes brisées

La nuit est claire, ce soir-là, si claire que chaque Amiénois se dit :

— Attention ! Nous allons avoir des visites boches !

Et beaucoup de gens se préparent déjà à s'installer dans les caves.

Ce sont, en effet, ces nuits lumineuses qui guident trop souvent les incursions des avions ennemis, et favorisent leurs forfaits.

Il est tombé de la neige dans la journée, et elle tient solidement sur la terre gelée.

Minuit sonne à la cathédrale.

La ville semble complètement endormie. Les maisons closes, hermétiquement.

Pas une lumière...

Pas une ombre dans les rues désertes, silencieuses, éclairées violemment par la lune en son plein.

Le ciel tout entier, constellé d'étoiles, semble illuminer la ville, blanche de neige, et la fait ressembler à une cité morte vue dans une lueur de rêve.

C'est un impressionnant spectacle.

Soudain il devient tragique.

La voix du canon retentit, amplifiée dans l'air glacé.

La guerre est là toujours...

Les avions boches sont signalés...

Les rues gardent leur impassibilité de mort.

Mais à l'intérieur des maisons, on s'agite, on descend dans les caves...

Le silence glacé persiste... déchiré à intervalles par la basse profonde de nos canons de défense.

Dans le ciel courent maintenant nos avions de chasse. Ils veillaient et sont prêts à couper la route aux taubes audacieux.

Dans le couvent des Clarisses, rue Lamartine, les religieuses se sont levées, comme chaque nuit, pour venir à minuit chanter Matines.

La voix du canon ne les trouble pas, ne les distrait pas de leur prière.

Elles resteront à la chapelle, mieux protégées par l'autel, leur semble-t-il, que partout ailleurs.

Et puis, pourquoi se protéger ?

La mort, elles ne la redoutent point.

Elles la désirent au contraire, puisque la mort pour elles, c'est le ciel, but de leurs efforts, objet de leurs sacrifices.

Elles ne la rechercheront pas ; la loi chrétienne le défend. Mais elles sont prêtes

Sur les froides dalles de la chapelle, les Clarisses semblent ne pas souffrir de la rude température... et pourtant leurs vêtements ignorent le confort... et leur nourriture a été si frugale ce soir qu'elle ne peut réchauffer leur sang.

L'âme dompte la matière, sans doute.

Elles paraissent heureuses..., et jamais leurs chants n'ont été plus beaux, leurs voix plus harmonieuses et plus suaves.

Le canon tonne ; chaque batterie située aux endroits de défense de la ville, mêle sa note au concert.

Et dans ce fracas, dans cette angoisse tragique qui plane sur Amiens, les religieuses de Sainte Claire continuent, à la chapelle, leur prière et leurs chants...

La petite lampe de l'autel jette sa tremblotante clarté sur cette scène : on se croirait dans l'ancienne Rome aux catacombes où les premiers chrétiens attendaient la mort.

Tout à coup, un effroyable bruit dans la cour du couvent... Un choc lourd, un éclatement de vitres brisées.

Est-ce une bombe ?

Est-ce la mort ?

Un silence profond suit le fracas...

Puis des cris maintenant... appels au secours, gémissements de blessés.

Effarées, les religieuses regardent la mère supérieure.

— Venez, mes filles, ordonna-t-elle. On a besoin de nos soins.

Dans la cour, c'est un désastre.

Pas de bombe allemande... Mais c'est un avion français qui est tombé, brisant dans sa chûte le toit de vitres qui couvre la cour du couvent.

Dans un fouillis de toile, de fer, de bois, de fils, deux hommes gisent, ensanglantés.

Sœur Sainte Philomène donne des ordres rapides.

Les religieuses obéissent. Avec peine on transporte les deux blessés dans une pièce du rez-de-chaussée qui possède un lit à peu près confortable.

Sœur Françoise et sœur Josèphe vont bien vite prévenir l'hôpital voisin pour que l'on fasse prendre les deux malheureux. Ils ne peuvent rester au couvent : la règle s'y oppose.

Maintenant, ils sont étendus, tous deux évanouis, dans la blancheur des draps : c'est un lieutenant aviateur français et son pilote.

A la faible lumière d'un cierge apporté de la chapelle, les traits des deux blessés se distinguent nettement.

Et soudain un cri éclate — si rauque et inarticulé que l'on dirait un gémissement.

— Georges ! Georges ! a balbutié une voix.

La Mère Supérieure a-t-elle entendu ce cri ?

A-t-elle distingué ce nom ?

On ne sût pas. Mais elle embrassa d'un regard la petite pièce où quelques religieuses l'avaient suivie, et ordonna :

— Venez, mes filles. Les infirmiers de l'hôpital vont venir emporter ces malheureux. Nous ne leur pouvons rien...

Toutes sortirent.

Mais dans l'ombre, au chevet du lit, la jeune novice était restée, si pâle, si bouleversée d'émotion, qu'elle semblait une statue de cire fixée au sol.

On eût entendu battre son cœur, tant ses coups heurtaient avec violence sa poitrine.

Immobile, les yeux hagards, elle fixe le blessé évanoui, et répète, d'une voix de cauchemar :

— Georges ! Georges !...

L'officier a fait un mouvement. C'est son bras qui est blessé et saigne abondamment.

Eperdue de crainte, de joie, Christiane s'est approchée, prête à étancher ce sang, à panser ce bras blessé.

Est-ce possible ?... Celui qu'elle a tant aimé n'est pas mort !...

Il est là, devant elle... blessé... Mais il vit !

Il vit !

Et une si délirante joie emplit l'âme de la jeune fille, qu'elle se sent presque défaillir.

Elle tombe à genoux devant le lit... et répète, toute secouée de sanglots :

— Georges ! Georges !

Mais là, par terre, un portefeuille est tombé, de la poche du blessé, sans doute, dans le désordre de sa chute et de son transport ici.

Christiane le ramasse, machinalement, serrant les papiers épars qui s'en sont échappés.

C'est bien ce nom chéri, Georges Noirville, qui frappe son regard, et se lit sur les cartes, les adresses, les feuilles officielles.

Elle va remettre le tout, sans rien regarder davantage. Mais voilà une photographie de femme.. de femme adorablement belle et si jeune !

Cette photographie est dédicacée :

« A mon ami Georges, souvenir très affectueux des heures heureuses de Las Palmas ».

« Micaëla ».

Et plus bas, écrits de la main de Georges, ces mots :

« Chère ! Chère Micaëla ! »

Voici sœur Françoise et sœur Josèphe qui reviennent avec deux brancards et quatre infirmiers.

— Ils auront de la chance s'ils reviennent d'une chute pareille ! déclare l'un de ceux-ci.

— Ils échapperont très bien, ajoute un autre. Ils s'en tireront avec un membre cassé et des écorchures dues aux éclats de vitre.

Ils chargent sur les brancards les blessés qui ouvrent les yeux et reprennent connaissance.

Ils sont partis.

Christiane Morvilliers — la petite sœur Monique — comme on l'appelle déjà n'a pas fait un mouvement.

Elle a remis sur le blessé le portefeuille, mais elle garde à la main la photographie. Et elle reste là, pétrifiée, immobile.

Christiane Morvilliers avait cru atteindre au summum de la douleur, lorsqu'elle avait appris la mort de Georges.

Et voici qu'elle éprouvait une douleur plus cuisante encore.

C'est peut-être parce qu'elle suivait une minute de joie incomparable, folle : la joie de retrouver celui qu'elle croyait perdu ?...

Hélas ! comme la vertu et le vice, la douleur aussi a ses degrés.

Christiane se sentait aussi irrémédiablement séparée de son fiancé que lorsqu'elle le croyait mort :

Il aimait une autre femme !

Il vivait... alors qu'elle le pleurait...

Il vivait... oubliant ses serments, foulant aux pieds son amour à elle !

C'était un nouveau et plus affreux déchirement.

Il en aimait une autre...

Christiane n'avait même plus le droit de penser à lui.

Ce fut en cette âme candide et droite, un effondrement.

. . . .

Nul ne sut le drame qui s'était déroulé en elle, la nuit tragique où l'aviateur et son pilote avaient été recueillis par les Clarisses.

La Mère Supérieure ne put rien lire dans les grands yeux gris de Christiane qui gardaient des profondeurs inaccessibles.

Rien ne fut changé dans l'attitude de la jeune novice qui continuait à accomplir scrupuleusement les devoirs de sa charge, elle resta soumise et bonne...

Mais son beau front avait encore pâli... son cœur était brisé...

Le jour de Noël, l'impressionnante cérémonie de la prise de voile se déroula comme d'habitude.

C'était bien l'image de la mort au monde, que signifiait le catafalque couvert du drap mortuaire, sous lequel on étendait la jeune religieuse... et les chants funèbres qui l'accompagnaient.

Seulement, lorsque le rite changea, et que l'on enleva le catafalque et le linceul pour emmener la petite sœur Monique au milieu des religieuses dont elle était la compagne désormais, on ne releva plus qu'un cadavre.

Christiane Morvilliers était morte !

L'aéroplane français, en brisant ses ailes dans sa chute, avait brisé aussi les ailes de son dernier rêve de jeune fille.

FIN

50321-18. — Imprimerie de la Bourse de Commerce (G. BUZEAU), 35, rue J.-J.-Rousseau, Paris.